诗词大有文

能工巧匠

李江湖 编著　小种子童书馆 编绘

人民东方出版传媒
People's Oriental Publishing & Media
東方出版社
The Oriental Press

图书在版编目（CIP）数据

诗词大有文化. 能工巧匠 / 李江湖编著； 小种子童书馆编绘.
—北京：东方出版社，2022.7
ISBN 978-7-5207-2780-8

Ⅰ.①诗… Ⅱ.①李… ②小… Ⅲ.①古典诗歌-诗歌欣赏-
中国-青少年读物 Ⅳ.①I207.2-49

中国版本图书馆CIP数据核字（2022）第078460号

诗词大有文化：能工巧匠
(SHICI DA YOU WENHUA：NENGGONGQIAOJIANG)

策划编辑： 鲁艳芳
责任编辑： 金 琪
出　　版： 東方出版社
发　　行： 人民东方出版传媒有限公司
社　　址： 北京市西城区北三环中路6号
邮　　编： 100120
印　　刷： 小森印刷（北京）有限公司
版　　次： 2022年7月第1版
印　　次： 2022年7月北京第1次印刷
开　　本： 710mm × 1000mm 1/16
印　　张： 8.75
字　　数： 66千字
书　　号： ISBN 978-7-5207-2780-8
定　　价： 168.00元（全4册）

发行电话：（010）85924663 85924644 85924641

目 录

在我国古代出现了许许多多的发明，这些发明时至今日都是我们引以为傲的宝贵财富。这些闪耀着东方文明的发明创造背后是一串可爱的名字，鲁班、墨子、张衡、蔡伦、毕昇等等，这些能工巧匠，身上散发着独立思考、敢于创新的精神，他们用智慧和汗水为中华民族创造了灿烂的古代科技文明。同时，他们也点燃了科技探索的火把，让我们感受到了跨越时空的坚持和信念，启迪我们朝着未来迈进。

第一章

美酒酿造师：酒圣杜康

酒的名字有很多，其中有一个名字叫杜康。唐代诗人白居易在诗中写道：“杜康能散闷，萱草解忘忧。”其实，杜康最初是一个人的名字，传说中他是我国最早造酒的人，被称为酒圣，也是酿酒业的祖师爷。杜康造酒，留下了许多有趣的故事传说。

短歌行（节选）

［汉］曹　操

对酒当歌，人生几何！
譬如朝露，去日苦多。
慨当以慷，忧思难忘。
何以解忧？唯有杜康。

我一边饮酒一边高声歌唱，人的一生真是短暂。就好比早上的露水，一转眼就被太阳晒干了。虽然我的歌声非常慷慨，可内心却免不了惆怅。这样的时刻怎样才能排解忧愁呢？也只有豪饮美酒可以做到了。

解读

杜康，本是造酒的人，在古诗词中常常用杜康代指酒。《短歌行》是三国时期曹操创作的诗歌，所节选的部分通过宴会时的歌唱，表达作者对人生短暂的感慨。

杜康造酒

相传，杜康是黄帝时期负责管理粮食的官员。秋天到了，粮食大丰收，人们将吃不完的粮食储存起来。在储存的过程中，粮食里流进了雨水。而带有雨水的粮食经过长时间发酵，慢慢变成了一种透明的液体。杜康发现这种液体喝起来味道辛辣，同时带有一种香气。于是，他让其他人也品尝这些液体，大家都觉得味道不错，就给它取了个名字——酒。杜康通过观察和反复尝试，逐渐掌握了造酒的方法。从此，世间就多了酒这种饮品。

酒的传说

有天晚上，杜康梦见了一个白胡子老头，老头告诉他："我会送你一眼泉水，你在九天内去对面山中找三滴不同人的血，滴到泉水里，就会得到人间最美味的饮料。"

第二天杜康起来，果然在门前发现了泉水，泉水非常清澈。于是他便按照梦中的指示去寻找三滴血。第三天的时候，杜康遇见一个文人，文人为他滴下一滴血。第六天，杜康遇到一个武士，武士为他滴下一滴血。第九天，他在一棵树下见到一个傻子，傻子也为他滴下一滴血。三滴血滴入泉水中，泉水立刻翻滚，香气扑鼻，果然变成了美味的饮料，这种饮料喝起来让人觉得如痴如醉。因为用了九天时间，又用了三滴血，杜康就将这种饮料命名为"酒"。

有趣的是，酒中有了文人、武士、傻子的三滴血，仿佛融入了他们的气质，人们在喝酒时通常也会经历三个阶段：第一阶段，小饮助兴，像文人一样文质彬彬；第二阶段，酒过三巡，就像武士一样勇猛豪爽；第三阶段，喝得太多，要么胡言乱语、要么烂醉如泥，就像傻子一样。

刘伶醉酒

刘伶特别喜欢喝酒，而且酒量很大。酒仙杜康奉玉皇大帝的旨意前来度化刘伶成仙。这天，刘伶走到杜康酒坊门前，抬头看见门上有副对联，上联写道：猛虎一杯山中醉。下联写道：蛟龙两盏海底眠。横批写道：不醉三年不要钱。

刘伶看到这副对联，嘿嘿一笑，心想，这家酒坊的人口气真大，我刘伶可是远近闻名的海量。我就是把你们的酒喝遍了，也不会醉啊。于是，刘伶不服气地进了酒馆。杜康便给刘伶倒了一杯酒，刘伶一喝，不禁感叹："真是好酒啊。"

刘伶喝完第一杯就要喝第二杯，杜康说道："我们家的酒，一般喝一杯就可以了，多喝会醉。"刘伶哪里会听杜康的话，于是又喝了第二杯、第三杯。等第三杯酒下肚，刘伶忽然觉得天旋地转，真的喝醉了。

刘伶迷迷糊糊往家走，到家就醉倒了。他感觉自己不行了，便对妻子说道："我死后，你要把我埋在酒池里，把酒盅酒壶给我放在棺材里。"说完，他就"死"了。妻子很伤心，按照刘伶说的安葬了他。一晃三年过去了。

一天，杜康上门来找刘伶。刘伶的妻子问他有什么事。杜康笑呵呵地说道："刘伶三年前喝了我的酒，可他忘了给我酒钱呢！"刘伶的妻子听了十分恼火，说："刘伶三年前不知喝了谁家的酒，回家就死了，原来是喝了你的酒呀！你还来要酒钱，我还找你要人呢！"杜康忙说道："他不是死了，是醉了，走走走，你快领

我到埋他的地方看看去。”等他们来到刘伶埋葬的地方，挖开坟墓，打开棺材一看：刘伶穿戴整齐，面色红润，像生前一样。杜康上前拍拍他的肩膀，叫道：“刘伶醒来，醒来！”

刘伶果然打了个哈欠，伸伸胳膊，睁开了眼，嘴里仍喃喃夸道：“好酒，好酒！”从此以后，“杜康美酒，一醉三年”的故事就传开了。

研学互动：发酵食物知多少

酒是用粮食发酵得来的，想一想，在生活中还有哪些食物也是通过发酵得来的呢？

第二章

木匠祖师爷：鲁班

鲁班，也叫公输般，春秋时期鲁国人，他是我国古代能工巧匠的代表。鲁班出生于一个世代工匠的家庭，他聪明、爱思考，通过观察各种事物的特征，发明出了很多实用的工具，给人们的工作和生活带来了很大的帮助。相传，鲁班发明了曲尺、墨斗、锯子、刨子、云梯、石磨等，李白曾在诗《赠从弟洌》中赞道："傅说降霖雨，公输造云梯。"鲁班善于木工，所以被尊为木匠行业的祖师爷。千百年来，人们口口相传着鲁班的故事，鲁班这个名字也早已经成为古代劳动人民智慧的象征。

题李太白墓

［明］梅之焕

采石江边一堆土，李白之名高千古。
来来往往一首诗，鲁班门前弄大斧。

我来到采石江边，那李白墓不过是江边的一堆土，可他的大名却可以传颂千古。来来往往经过这里的人，都喜欢在李白墓前题诗，这真是在鲁班门前摆弄斧子，太不自量力了。

解读

成语“班门弄斧”是指在鲁班门前摆弄斧子，鲁班是使用斧子的行家，因此用来比喻在行家面前卖弄本领，常用来形容某人不自量力。这个成语有时也用作自谦之词，表示不敢在行家面前卖弄自己的小本领。李白，字太白，唐代浪漫主义大诗人，被称为“诗仙”。人们在李白这样的写诗行家的墓前做诗，是不自量力的表现，可谓“班门弄斧”。

鲁班学艺

传说鲁班年轻的时候跟一位木匠大师学艺，这位木匠大师是一个白胡子老头。老人为了考验鲁班，让他把已经生锈的工具磨锋利。鲁班把长满锈迹的斧子、刨子、凿子不停地磨呀磨，磨了七天七夜，每件都磨得闪闪发亮。之后，老人又让鲁班去砍一棵长了五百年的大树。树可真大！鲁班用了足足一个星期才砍倒。老人觉得鲁班是一个非常勤劳有耐心的孩子，便准备将自己的手艺传给他。他把鲁班带到一个房间，房间里都是各种建筑的精美模型。老人让鲁班将这些模型拆开再拼上，鲁班认认真真地按照老人说的去做，光是拆装这个过程就花了整整三年时间。当鲁班将最后一个模型拼装完成时，他已经学到了木匠大师的所有手艺。

锯的发明

鲁班进深山砍树木的时候，脚下一滑，他赶紧用手抓住旁边的一棵野草。可就是这么一抓，手居然被这种野草的叶子划破了，渗出血来！鲁班觉得挺奇怪，怎么一片叶子就能把手划破？他摘下叶片轻轻一摸，原来叶子两边长着锋利的齿，他用这些密密的小齿在手背上轻轻一划，居然割开了一道口子。原来他的手就是被这些小齿划破的。鲁班转身又看到一棵野草上有只大蝗虫，它那两个“大门牙”上也排列着许多小齿，正飞快地用牙磨碎草叶。

鲁班从这两件事上得到了启发。他想，要是有这样齿状的工具，不是就能很快锯断树木了吗？于是，他经过多次试验，终于发明了一种锋利的工具，大大提高了工作效率。鲁班给这种新发明的工具起了一个名字，叫作“锯”。

锯齿效仿了叶子的齿状边缘

亭子和雨伞的发明

传说鲁班和妹妹到杭州游玩，他们漫步在西湖三月的春风中，欣赏着桃红柳绿。忽然天空中乌云密布，下起了雨。因为附近没有建筑可以避雨，鲁班和妹妹赶紧躲到一棵大树下，可时间一久，他们还是被大雨淋湿了。雨停之后，鲁班和妹妹就想为来西湖游玩的人造出用来避雨的东西。兄妹两个一拍即合，就比起赛来。

鲁班想到了建亭子，便连夜在西湖边上造了九座亭子。而鲁班的妹妹好像并不着急，直到天亮了，她才出现在鲁班面前。鲁班领着妹妹参观自己的亭子，得意地问道："你造的东西呢？"妹妹笑笑，拿出一个看上去很奇怪的东西，那个东西很像鲁班造的亭子，却是小小的。鲁班接过来，仔细看了看，原来这个东西是一根木棒，四周有三十二根细竹支撑着。撑开的时候，像是亭子；收拢的时候，又变成了一根细细的杆。鲁班不禁赞叹："妹妹你才是真的心灵手巧啊！"

鲁班妹妹造的这个能够随身携带的、可以撑开的"小亭子"就是雨伞。如今，雨伞的颜色和样子有了很多变化，但它依然是下雨时人们最常用的遮雨工具。

研学互动：有趣的鲁班锁

鲁班锁，起源于我国古代建筑中首创的卯榫［mǎo sǔn］结构，也叫孔明锁、别闷棍、六子联方、莫奈何、难人木。据说是鲁班在教育儿子时发明的，玩鲁班锁是一种寓教于乐、开发儿童智力的游戏。鲁班用六根木条，做了件玩具让儿子拆了再装上。儿子原以为很简单，谁知这小玩意儿易拆难装，儿子点灯熬油捣鼓了一夜也没装上。后来，在鲁班的指点下才总算恢复原状。

多种造型的鲁班锁

第三章

兼爱非攻的墨家创始人：墨子

墨子，名翟［dí］，战国初期重要的思想家、哲学家、科学家、教育家、军事家、逻辑学家。他创立了与儒家学派齐名的墨家学派，提出了“兼爱”“非攻”“尚贤”等思想。墨子善于守城，善于发明创造，与鲁班齐名，曾发明木鸢［yuān］（即风筝）、渠答、连弩［nǔ］车等生活和军事工具。

古诗词中的墨子

墨翟

［宋］刘克庄

墨子城无恙，公输械有穷。
要须能壁立，未可恃梯攻。

墨子守城，鲁班使用云梯去攻打墨子守的城，攻城的器械都用尽了，依然没有攻下城池。墨子刚正无私的精神必定能够像高山耸立，他人不可能凭借梯子就攻陷。

解读

公输，即鲁班，鲁班原名公输班。壁立，即“壁立千仞，无欲则刚”。仞为古时长度单位，一仞约八尺，周代一尺约合 20 厘米，一仞约合 1.6 米。千仞峭壁之所以能巍然屹立，是因为它没有世俗的欲望，用来借喻人只有做到没有世俗的欲望，才能达到大义凛然的境界。这里是说刚正无私的墨子为了弱者守城，他身上的大无畏精神使他很难被打败。

墨子与鲁班的攻守较量

楚国在鲁班的帮助下制造了一种云梯，非常适合攻城。于是楚国要用云梯去攻打宋国。墨子知道了，便赶去楚国找到鲁班一起见楚王。墨子劝阻楚王不要攻打宋国。虽然楚王被墨子说服了，但他觉得云梯都已经造好了，不去攻城太可惜了。于是墨子解下衣带，围作城墙，用竹片做器械，和鲁班分别代表攻守两方进行攻防的模拟演示。

鲁班多次使用不同方法攻城，都被墨子挡住了。鲁班攻城的器械已经用尽，而墨子守城计策还绰绰有余。鲁班只好认输了，但他说："我知道怎么对付你，可是我不说。"墨子说："我也知道你要怎么对付我，可是我也不说。"楚王问这是怎么回事。墨子说："鲁班的意思，只不过是想要杀死我。杀了我，宋国就守不住了，就可以攻下了。可是我的学生禽滑［gǔ］厘等三百人已经拿着我的防守器械，在宋国城上等待楚国来进攻了。即使杀了我，也不能杀尽保卫宋国的人。"楚王眼看没有把握取胜，便决定不攻打宋国了。这就是"墨子

连弩车

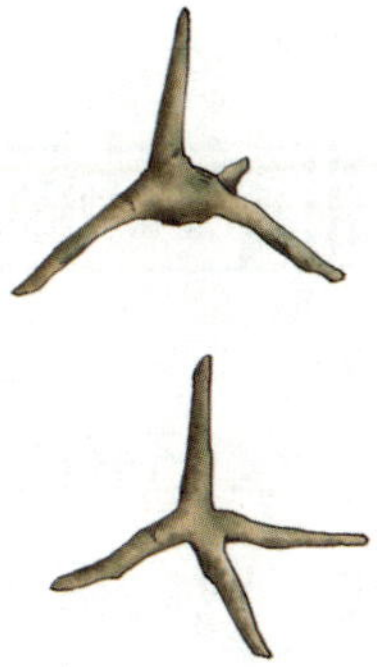

渠答

救宋”的故事。

因为墨子善于守城，后来还演化出了“墨守成规”这个成语。

爱穿草鞋的圣贤

作为一个学派的创立者，墨子提倡节俭，反对铺张浪费。他是这样说的，也是这样做的。即便是在重要场合，墨子也穿着朴素，脚上的草鞋磨得很破旧了，都不舍得扔。墨子出门很少乘车，很多时候都是步行。用现在的眼光来看，他绝对是一位节俭主义兼环保主义者。

墨子的因材施教

墨子的学生很多，他对每个学生都有不同的教导方式，也会根据不同学生的特点安排他们去做事。墨子对待学生并不严厉，但对学生耕柱是个例外。耕柱被墨子批评最多，墨子常常当着众人的面就对他严厉训斥。耕柱很委屈，有一次他便私下找墨子谈心。

墨子问他："假如你要上太行山，是用马驾车还是用羊驾车？"

耕柱回答道："用马驾车。"

"为什么呢？"

"因为马能够承担重任，而羊不能。"

墨子语重心长地对耕柱说道："我责备你，也是因为你能够承担重任啊！"

耕柱明白了老师的良苦用心，以后再被批评的时候就不再难过了。墨子后来经常让耕柱负责非常重要的工作，耕柱也都能出色完成。

墨子的军事课程

墨子和其他的思想家不同，他不仅善于理论，也非常注重实干。他给自己的学生开设军事课程，教他们关于打仗的知识，让他们进行各种实战练习。同时，他还和学生禽滑厘一起编写了相关的理论教材，如《备城门》《备水》《备高临》《备突》《号令》《旗帜》等。因为墨子爱好和平，反对侵略，所以他教的东西主要以防守战术为主。

墨子泣丝

墨子见到人们将丝线染成各种颜色，有的染成了黄色，有的染成了黑色。他不禁感慨，悲伤哭泣。墨子觉得人也像这丝线一样，出生后受到环境和教育的影响，可能变成好人，可能变成坏人，染丝要慎重，培养和教育人更要慎重。清代诗人黄景仁在《悲来行》中写道："我闻墨子泣练丝，为其可黄可以黑。"

拓展阅读：《墨子》中的名言

无言而不雠，无德而不报。投我以桃，报之以李。——《墨子·兼爱（下）》

就像《诗经》里说的那样，没有什么话不答应，没有什么恩德不报答。你送给我一个桃子，我就回报你一个李子。如果大家都怀着一颗感恩之心，关心爱护他人，人们就会更好地相处，社会就会和谐。

利人乎即为，不利人乎即止。——《墨子·非乐（上）》

对别人有利益的事就做，对别人不利的事，就马上停止。

兼相爱，交相利。——《墨子·兼爱（中）》

爱自己也要爱别人，和别人交往，利己也要利他，这样大家才能长期和谐相处，相亲相爱。

研学互动：做个节俭的人

墨子提倡节俭的思想，在今天依然很有现实意义。墨子就是早期“光盘行动”的倡导者。想一想在生活中，我们在哪些方面可以做到不浪费呢？

第四章

都江堰的兴建者：李冰父子

农业生产不能缺少水，但洪水却严重威胁着人们的生产生活。我们的祖先很早就和洪水做斗争，因而有了大禹治水的传说。我国古代很早就有了水利工程，这些水利工程可以防洪、灌溉。由秦国李冰父子设计修筑的都江堰，是古代水利工程的代表。对于李冰父子的贡献，明代诗人吴宽曾写诗道："千古李冰功不废，离堆刊木建生祠。"

诗词中的都江堰

锦城竹枝词

［近代］邢锦生

都江三月堰初开，雪浪云涛滚滚来。

待得灌田春水足，万畦(qí)秧子一齐栽。

春天来了，都江堰中的水流向农田，那水流翻滚着，好像雪浪云涛一样。等把田地都灌溉好了，农民就可以一下将数万畦的秧苗栽到田里了，那场面真是壮观！

解读

这首《锦城竹枝词》描写了都江堰春天灌溉的场景，诗的前两句写灌溉的实景，后两句则想象出农民插秧的场面，非常形象地向我们展示了都江堰的风采和作用。作为古代著名的水利工程，都江堰有将近 2300 年的历史，它灌溉了成都附近 500 万亩农田，使成都平原成为“天府之国”。

都江堰的前世今生

战国时期，秦昭襄王任命李冰做蜀郡太守，当时的蜀郡就设在成都一带。那个时候的成都平原虽然土地肥沃，但由于周围有高山环绕，地势低洼，非常容易造成水灾。如何解决水灾泛滥，是太守李冰的首要任务。李冰开始寻找解决办法，他请教当地的百姓。一位老人指着贯穿成都平原的岷江告诉他：“这条河真是害人，从我记事起就年年泛滥，不光庄稼颗粒无收，连村庄都要被淹没。如果把这条河征服了，水灾也就解决了。”

李冰恍然大悟，他带着儿子二郎先对岷江流域进行了全面考察，几次深入高山密林，追踪岷江的源头。他发现岷江在发源地一带，沿江两岸山高谷深，水流湍急，而到了灌县，地势变得平坦，从上游挟带来的泥沙淤积而使河床抬高。在灌县城西南面有一座玉垒山，阻碍江水东流，每年夏秋洪水季节，常造成东旱西涝。

经过周密策划，李冰亲自带人在玉垒山凿开了一个 20 米宽的口子，叫它“宝瓶口”。然后在江心用构筑分水堰的办法，把江水分作两支，使其中一支流进宝瓶口。堤堰前端轮廓犹如鱼头，所以取名叫“鱼嘴”。它迎向岷江上游，把汹涌而来的江水分成东西两股。西股的叫外江，是岷江的正流；东股的叫内江，是灌溉渠系的总干渠，渠首就是宝瓶口。李冰规划修建了许多大小沟渠连接宝瓶口，组成了一个纵横交错的扇形水网——这是都江堰的主体工程。为了进一步控制流入宝瓶口的水量，他在鱼嘴分水堰的尾部，又修建了分洪用的平水槽和“飞沙堰”溢洪道。当内江水位过高时，洪水就经由平水槽漫过飞沙堰流入外江，可充分保障灌区免遭水淹。同时，由于流入外江水流的漩涡作用，还有效地冲刷了沉积在宝瓶口前后的泥沙。这些辅助设施使都江堰成为一个宏伟而缜密的系统工程。

如今的都江堰仍然在发挥着作用，它是全世界迄今为止，年代最久、唯一留存、仍在使用、以无坝引水为特征的宏大水利工程，它是世界文化遗产，是国家5A级旅游景区。如果你到成都，一定要到都江堰一睹风采。

研学互动：都江堰的工作原理

1. 都江堰第一个重要的设施是分水鱼嘴，它把岷江分为内江和外江。外江是自然河道，而内江是人工凿建的河道，外江浅而宽，内江深而窄。

2. 有了分水鱼嘴，在枯水期，大部分江水会流入内江；而在汛期，多余的江水会从外江流走。进入内江的水，之后会进入第二道分水设施飞沙堰，原理和鱼嘴是一样的。

3. 然后内江的水会进入第三道分水设施离堆，飞沙堰和离堆在汛期会起到排沙、排水的作用。正是通过这样层层分水，岷江的水通过都江堰引流到成都平原，保证了成都平原旱季有水，汛期无涝。

第五章

冶炼用鼓风装置的发明者：杜诗

你见过野外生火的场景吗？人们会不停地用嘴向火堆吹气，随着空气流动，就会有更多的氧气让火焰燃烧得更旺。冶炼金属对温度的要求极高，需要更多更强劲的“吹气”，于是人们发明了鼓风装置。可以这样说，每一次鼓风技术的改进，都会使冶炼技术得到进一步发展。

秋浦歌

［唐］李　白

炉火照天地，红星乱紫烟。
赧（nǎn）郎明月夜，歌曲动寒川。

炉火熊熊燃烧，红星四溅，紫烟蒸腾，广袤［mào］的天地被红彤彤的炉火照得通明。勤劳的冶炼工人被火光照红了脸，在明月之夜，一边唱歌一边劳动，他们豪迈的歌声响彻了寒峭的山谷。

解读

秋浦，在今安徽贵池西，是唐代银和铜的产地之一。赧，原指因害羞而脸红，这里是指炉火映红人脸。天宝年间，李白漫游到秋浦，写了组诗《秋浦歌十七首》，这首诗是其中第十四首。人们熟知的“白发三千丈，缘愁似个长。不知明镜里，何处得秋霜”也是出自这组诗。

这首诗向我们展开了一幅瑰丽壮观的秋夜冶炼图，是对冶炼工人的正面描写和歌颂。描写工人们的作品在我国浩如烟海的古典诗歌中较为罕见，李白能够用诗笔描写冶炼工人，塑造了这类群体的生动形象，是非常可贵的。

我国的冶炼历史

我国的冶炼历史悠久，迄今发现的世界上最重的青铜器——司母戊大方鼎（又称商后母戊鼎），产于商代晚期。春秋战国时期，冶铁技术开始出现。西汉的时候，已经开始用煤作为燃料，从此，生铁冶炼的规模越来越大。

早期的鼓风工具

冶炼技术的发展与鼓风技术的改进是密切相关的。为了提高炉温，增强还原能力，缩短冶炼时间，我国古人很早就采用了向炉内鼓风的技术，发明了鼓风工具。

最开始人们使用牛皮囊向炉内鼓风，让炉内的燃料充分燃烧。这种皮囊被游牧民族叫作“鞴［bèi］”，人们拿着鞴的把手，一张一合，把风鼓到炉子中。后来，人们又发明了多管鼓风装置，把许多囊排在一起，这种工具就叫作“排”。但是用排鼓风，非常耗费人力，于是便用畜力代替，出现了“牛排”和“马排”。不过，无论是人力，还是畜力，都需要较大的成本，鼓风的效率不高，操作也不方便。西汉时期，随着冶铸规模的扩大，冶铸场所和数量大为增加，急需一种新的、效率更高的鼓风装置。东汉官员杜诗就在这种需求的推动下，设计了“水排”，即以水流为动力的鼓风装置。

杜诗设计的水排

汉光武帝的时候，杜诗任南阳郡太守。汉代的南阳郡是冶铁手工业的重要基地，为了提高冶铸效率，杜诗设计出了用来吹炭的水排。杜诗发明的水排，以河水为动力，通过机械装置，将水轮的旋转运动转化为连杆的推拉运动，往复循环，让风箱连续开合，不断将空气送入冶炼炉中。水排鼓风技术的广泛应用，不但把人力、畜力解脱出来，而且将工作效率提升了好几倍，有力地推动了冶炼业的发展。

研学互动：制作鼓风机

1. 准备一个气球，一根蜡烛；
2. 将蜡烛点燃；
3. 将气球吹圆，用手捏住气球嘴；
4. 将气球嘴对准蜡烛的火焰；
5. 松开手，用气球中的“风”将蜡烛吹灭。

第六章

造纸术的改进者：蔡伦

在我国古代很早就出现了纸，造纸术是我国古代四大发明之一。西汉的时候，劳动人民就已经在生产实践中改进了造纸的方法，造出了麻纸。不过由于那个时候的造纸技术处于初级阶段，工艺相对简陋，造出来的纸张质地粗糙，表面也不平整，不便于书写。东汉的时候，蔡伦改进了造纸技术，最终造出了质量更好，价格更亲民的纸。

古诗词中的蔡伦造纸

纸

［明］解　缙

剡(yǎn)溪藤，鱼网线，捣剉(cuò)如糜浸水涀(xiàn)。
神工抄作五色笺，凤舞鸾翔云片片。
汉庭帝子爱如宝，诏下蔡侯多制造。
文华殿上赋新诗，御墨淋漓尽章草。

把剡溪藤、渔网线捣烂成浆做成纸，能工巧匠们再将它们制成五色纸笺，在这样的纸笺上书写，仿佛鸾凤飞在云朵之间。汉代的皇帝将这样的纸视作珍宝，下诏让蔡伦多多造纸。有了这样的好纸，君臣就可以在文华殿上吟咏新诗，然后用章草字体在纸上畅快地书写了。

解读

蔡侯，即蔡伦。明代才子解缙这首写纸的诗，不仅写了蔡伦造纸的原料和步骤，还生动地写出了纸的质量和影响力。虽然是一首诗，却可以作为蔡伦造纸的历史小故事来读。

刻到龟甲和兽骨上的文字

在纸发明之前，古代人都把字写在哪里呢？答案是刻到石头上、树干上。而我们能见到的最早的成熟文字，则记录在龟甲和兽骨上，这就是甲骨文。

铸刻到青铜器上的文字

与甲骨文同样古老的文字，还有一种是铸刻到青铜器物上的，这种文字叫作铭文、金文或者钟鼎文。虽然青铜器不是真正意义上的书，但我们在阅读铭文的时候，其实和阅读书籍是一样的，可以了解古代知识和历史事件。

竹简和木简的出现

随着历史的发展，记录文字的材料又有了进步，竹简和木简出现了。人们把竹子、木头做成宽约几厘米、长约一二尺的长片，形状有点像现在的雪糕棍儿。每个简可以写八九个字到三四十个字。然后将竹简木简用麻绳、皮条等横穿上下两头，编成“篇”。我们现在说的“册”字，就是穿简成篇的象形字。

昂贵的绢帛

竹简和木简的最大问题就是笨重，这时候，绢帛［bó］作为丝织品的优势就体现出来了。绢帛比竹简、木简使用方便，便于携带。古代的很多文字和绘画都记录在了绢帛上。目前我国已发现的最早的画是绘在绢帛上的，出土的晚周帛画、战国楚墓帛画和稍晚些的马王堆汉墓帛画，都是画在较为细密的单丝绢上。但绢帛作为书写材料的最大问题就是价格太贵了，普通人根本用不起。

蔡伦改进的造纸术

在蔡伦生活的东汉时期，竹简和绢帛是主要的书写材料，美中不足的是竹简笨重、绢帛昂贵。在这种情况下，蔡伦想到了要改进造纸技术，做出符合人们需求的纸张来。

蔡伦把树皮、破抹布和渔网等作为原料，让工匠把原料放在一个大水池中浸泡。慢慢地，水中的杂物烂掉了，但纤维不易腐烂，就保留了下来。蔡伦让工匠们把浸泡过的原料捞起，放入石臼［jiù］中，不停地舂［chōng］捣搅拌，直到它们成为浆状物，然后再用竹篾编成的席子把这黏糊糊的东西挑起来，等干燥后揭下来就变成了纸。

就这样，经过反复尝试，造出了轻薄、柔韧又匀称的纸，人们把这种纸叫作“蔡侯纸”。不久，蔡侯纸得到了朝廷的认可，汉和帝下令推广蔡伦的造纸法。同时，因为蔡侯纸取材容易、物美价廉，纸的使用开始深入到生活的各个层面，改变了人们生活。而造纸术传播到其他国家，各国的文化都因为有了这种轻便又实用的纸张而得以更好地记载、传承和发展。

研学互动：古代造纸工序

古人造纸是一种有复杂工序的制作过程，通常包含七个环节，下页的图展示了古代造纸的工序，请你依据工序的先后顺序为各图标注正确的序号。

1. 收集原料
2. 浸泡洗涤
3. 舂捣
4. 打浆
5. 竹篾抄纸
6. 晾晒
7. 揭纸

第七章

文采飞扬的天文学家：张衡

张衡，东汉时期天文学家、数学家、发明家、地理学家和文学家。他在天文学、机械技术、地震学等方面都有杰出的成就，发明了浑天仪、地动仪。他是东汉时期“浑天说”的代表人物。

张衡的古诗词

歌

［汉］张　衡

浩浩阳春发，杨柳何依依。
百鸟自南归，翩翩萃我枝。

温暖的春天来了，杨柳的枝条是那样的轻柔。各种鸟儿也从南方飞了回来，它们飞呀飞，落到了眼前的树枝上。

解读

张衡这首《歌》描写的是春天的景色，在和煦的春光中，百鸟归来，飞到诗人的眼前，富有生机和活力。短短二十个字，向我们展开了一幅生动的春景图。张衡很小就在文学上展露出了天赋，尤其在汉赋上取得了很高的成就，与司马相如、扬雄、班固并称“汉赋四大家”。

辞藻华美的《二京赋》

二京，指汉代的西京长安与东京洛阳。张衡的代表作之一《二京赋》包括《西京赋》和《东京赋》两篇，是汉赋中的精品。《二京赋》描写了楼阁宫殿、动植物、工商业以及许多民情风俗，让人们在阅读华丽文学作品的同时，能了解到汉代的富裕和国力的强大。

有趣的浑天说

浑天说是我国古代的一种宇宙学说，这个学说认为天如蛋壳，地如蛋黄，天地之间靠气撑着，地浮在水面上，全天恒星都布于一个“天球”上，而日月五星则附于天球上运行，这与现代天文学的天球概念十分接近。

张衡是浑天说的代表，为了说明自己的浑天说，他在西汉耿寿昌发明的浑天仪的基础上，创制了一个更精确、全面的“漏水转浑天仪”。张衡的浑天仪是有明确历史记载的世界上第一架用水力发动的天文仪器。仪器通过转动机械，把浑象和漏壶结合起来，以漏壶流水控制浑象，使它与天球同步转动，以显示天体的周日视运动。

最早的地震仪器

张衡发明了世界上最早的地震仪器地动仪。但是，这个地动仪早已毁损失传。后来，人们根据《后汉书》

的记载，做出了复原模型。地动仪的复原模型圆径八尺，上面有一个突起的盖子，形状像一个酒樽。地动仪上刻着篆文、山龟、鸟兽等图案修饰。在它的中间有一根主要的柱子，旁边有八处可以施放机关的地方。地动仪外面有八条龙指向八个方向，每条龙的嘴里都含着一颗铜珠，在每条龙的下方都有一只蟾蜍张着嘴。任何一方如有地震发生，该方向龙口所含铜珠即落入蟾蜍口中，由此便可测出发生地震的方向。

候风地动仪

古代的自动日历

帝尧时，有一种奇异的小草。这种小草从每月的头一天开始，每日生出一片叶子，十五天后，每天落一片叶子，至月尾最后一天刚好落尽。帝尧觉得非常神奇，就叫这种小草“蓂[míng]荚”，又名“历草”。人们认为它是象征祥瑞的草。张衡根据蓂荚这种神话中的奇特植物，创造出了“瑞轮蓂荚”。瑞轮蓂荚是古代的自动日历，它依靠流水的动力，从每月初一开始，一天出现一片叶子，到满月出齐十五片，然后每天再收起一片，到月末为止，循环开合。

可以计算里程的记里鼓车

我们现在开车的时候，会有里程表来记录里程，其实古时候也出现了可以记录里程的车，它就是张衡发明的记里鼓车。记里鼓车，又称记里车、大章车，它是我国古代用来记录车辆行驶距离的马车，深受皇家喜爱。车上有木制机械人，手执木槌。车每行一里路，木人就敲鼓一下。通过这样的方式，人们就可以知道车走了多少里路了。

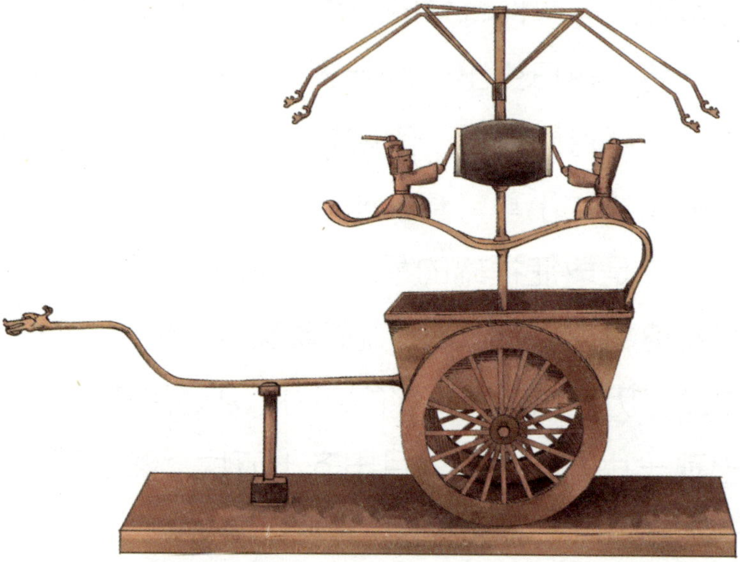

研学互动：北斗星的周日视运动

周日视运动是指，由于地球每天自西向东自转一周，造成日月星辰每天早上从东方升起，晚上从西方落下的现象。

北斗星非常容易辨识，它由七颗星组成，古人把这七星连起来想象成古代舀酒用的斗。天枢、天璇、天玑、天权组成斗身，玉衡、开阳、瑶光组成斗柄。唐诗中经常有对北斗星的描写，如“北斗七星高，哥舒夜带刀”（西鄙人《哥舒歌》）、“更深月色半人家，北斗阑干南斗斜”（刘方平《月夜》）等。北斗星可以用来辨别方向，把天璇、天枢连成直线并延长约五倍的距离，就可以找到北极星，北极星是北方的标志。

请你根据图中北斗星的位置大致画出北极星。

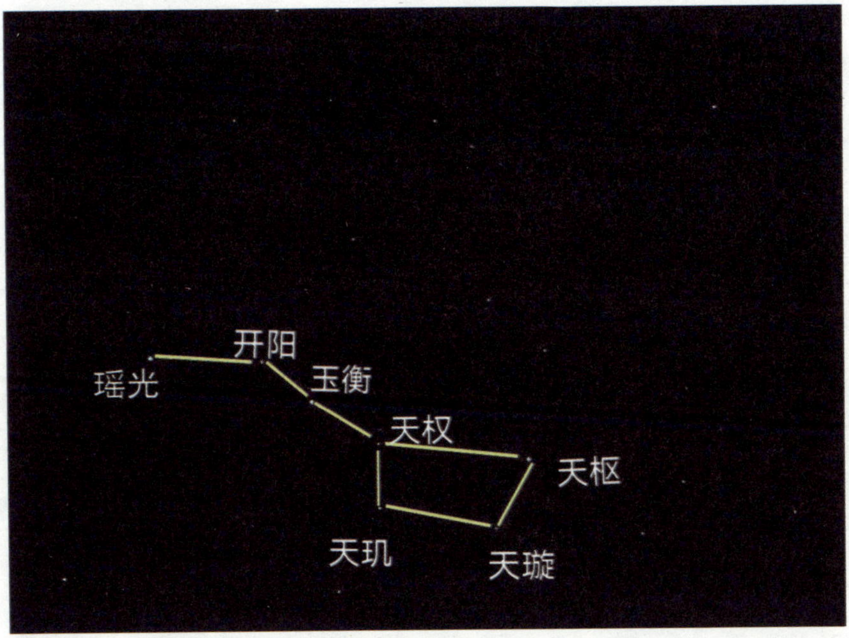

第八章

连转磨的发明人：杜预

春秋时期鲁班发明了磨之后，人们就可以用磨将粮食去皮、制作面粉了。鲁班发明的磨，基本和现在用的石磨相似，由磨脐、磨眼、磨盘组成，使用的时候将粮食朝磨眼里漏。其实在历史上，磨的材质却不止石头一种。比如古时候的砻［lóng］磨，外面就是竹木制作成的。在前人的基础上，魏晋时期的杜预发明了较为复杂的连转磨，提高了磨的工作效率，大大节省了人力。

古诗词中的磨

石磨

［宋］刘子翚（huī）

盘石轮囷（qūn）隐涧幽，烟笼月照几经秋。
可怜琢作团团磨，终日随人转不休。

又大又厚的石头隐藏在山涧，它被山中的烟雾笼罩着，被夜晚的月光照着，一晃就度过了许多个春秋。有一天，它被人们发现，制作成了圆圆的磨盘，从此以后便跟随着人们劳作，每日转个不停。

解读

轮囷，很大的样子。团团，圆圆的样子。刘子翚是宋代理学家，他这首《石磨》描写的是石头从被发现到做成石磨的过程，让我们读到了一块石头的经历。

砻磨

砻磨是由硬木与老竹片结合制成磨齿、竹篾编织的漏斗等组成，是一种专门用来去掉稻谷壳的工具，工作原理与石磨相仿。在砻磨的碾磨面，一般都刻有发散状的凹槽，这样一方面可以加大碾磨的摩擦力，另一方面可以使得碾磨后的糙米顺着凹槽流泻出来。砻谷时，牵砻师傅一手推动手柄转动砻的上龛［kān］，一手用勺子将谷子倒入砻心，使谷子进入上龛和下龛的缝隙中进行碾磨。用砻磨磨出来的米是糙米，没有机器磨出来的白，有些人会将糙米再放到石臼里舂一春。据说，在武夷山部分地区还保留着砻磨这种古代碾米机。

石磨

相比砻磨，石磨材质是石头，重量更大，所以更容易把麦子磨成粉。早在大约 4000 年前，我们的祖先就懂得吃面食了。但制作石磨需要用到铁质工具，所以面食到了秦汉年间才普及。

连转磨的发明

我们前面所说的磨都是靠人力才转动，到了魏晋时期，著名的军事家、经学家、律学家杜预，发明了用牲畜拉的连转磨。这种连转磨主要部分是中间的一个巨轮，用牛来拉动。轮轴直立在镈［zūn］臼里，在轮的周围，排列着八个磨，轮辐和磨边都用木齿相间，构成一整套齿轮。当牛拉动轮轴的时候，八个磨就同时转动。后来，在长期的改进过程中，又出现了复杂的水力连转磨。

磨的兄弟——碾子

碾子和磨是同一时期发明的。石碾在我国农村长期使用，用来碾压谷物。如今在一些民俗纪念馆里，也能见到碾子的身影。北魏时期，崔亮参照杜预连转磨的方法，制造出了利用水力的水碾。

拓展阅读：杜预有一个后代会写诗

作为魏晋时期的名将，杜预文韬武略，文则点校《左传》，武则灭亡东吴。他精通历法、经济、水利等方面，是一个全才。而杜预的后代之中也有一位大名鼎鼎的诗人，你知道他是谁吗？请看这一首清新的《绝句》。

两个黄鹂鸣翠柳，一行白鹭上青天。

窗含西岭千秋雪，门泊东吴万里船。

这首诗的作者就是唐代现实主义大诗人杜甫，杜甫是杜预的第十三世孙。杜甫在我国古典诗歌中的影响非常深远，被后人称为“诗圣”，他的诗被称为“诗史”。

第九章

龙骨水车的发明者：马钧

人们在农业生产的时候，需要大量的水来灌溉农田。但并不是所有的农田都紧靠水源，如何将水从河中或井中运到田地中呢？聪明的古人想了很多办法，也发明了很多有趣而实用的灌溉工具。随着技术的不断改进，这些灌溉工具经历了由简单到复杂，由人力到畜力、水力、风力的过程，使农业灌溉变得越发简便和高效。

古诗词中的水车

春

［宋］陆　游

阴阴山木合，幽处著柴荆。
喧中有静意，水车终日鸣。

山间的树木高高大大，撑起了一片片树阴。在树林最清幽的地方有几处人家。春天来了，人们在田间劳作，水车没日没夜不停地响着，但我却从这喧闹的场景中感受到了一种幽静和自在。

解读

水车，一种灌溉工具。这首《春》出自南宋爱国诗人陆游的《题柴言山水》（四首），刻画了春日柴言的山水风光。在这首诗中，陆游不仅描写了清幽的山林以及山中的人家，更是提到了水车这一灌溉用具，通过对“水车终日鸣”的描写，反映出水车在南宋时期的使用已经非常普遍。

最早的灌溉工具——戽斗

戽 [hù] 斗应该是最早出现的灌溉工具，大概已经有 3500 年的历史了。戽斗是一个用柳条编制或者木制的斗，斗的两边系上绳子。戽斗的使用通常要两个人配合，两个人相对站立拉着绳子，同时朝同一个方向挥动，就能有节奏地将水从低处送到高处的田地里。

桔槔

桔槔 [jié gāo]，也叫吊杆，是一种古老的汲水工具。桔槔取水是利用杠杆的原理。在井边竖一个架子，架子上放置一个横竿，横竿的一头吊一根长竿，用来钩住水桶垂到井里，横竿的另一头绑一块石头用来平衡重量。桔槔可以让人们在汲水的时候节省力气。不过，桔槔只适合取浅井的水，遇到深井就需要用辘轳了。作为古人对世界的认知，杠杆原理在我国的使用比西方大约早了两个世纪。

辘轳

辘轳 [lù lu] 是利用轮轴的原理进行起重的装置，用它可以从很深的井中汲水。辘轳是一根很粗的横轴，在横轴上缠着井绳，井绳上挂着水斗，横轴的一头装着曲柄。使用的时候，只需要转动曲柄，井绳就可以带着水斗从井里汲水。辘轳曾是我国北方地区重要的汲水工具，在水泵普及之前，人们经常使用辘轳。直到现在，在一些地下水很深的山区，仍然有人使用辘轳从深井中打水。

龙骨水车

龙骨水车，也叫翻车、踏车，是我国南方地区广泛使用的灌溉机械。大约在公元 254 年，魏晋时期著名的发明家马钧发明了外形像龙骨一样的水车，所以就叫龙骨水车。龙骨水车运用导流原理汲水。水车的车身是狭长的板槽，然后将直立的龙骨板等距安装在板槽上，这样就连成龙骨的形状。龙骨板的宽窄恰好和槽

身匹配，只要把板槽的一头放进水里，随着齿轮转动，就能让水通过板槽由低到高流动。龙骨水车最初是靠人踩踏转动工作的，后来经过改良，出现了牛转翻车、水转翻车、风转翻车。水车的发明，满足了人们连续汲水的灌溉需要，大大提高了灌溉效率，因此得到了广泛的使用，使人们的农业生产得以发展。正如陆游在《春晚即事》中写道：

龙骨车鸣水入塘，雨来犹可望丰穰[ráng]。

老农爱犊行泥缓，幼妇忧蚕采叶忙。

研学互动：会喷水的大水法

了解了前面介绍的取水灌溉装置，你是不是对能自己喷水的喷泉很好奇呢？大水法就是大喷泉的意思。据说在被称作万园之园的圆明园里，大水法运作起来的时候，十分壮观，水声如雷，人们在附近交谈都听不清。下面这幅图是圆明园大水法的复原效果图，在今天看来仍然令人啧啧称奇。你知道大水法是怎么喷水的吗？有机会一定要到圆明园遗址公园去实地参观

圆明园大水法复原效果图

下，看看为大水法供水的蓄水池——锡海在什么位置。

这是一种利用水源地与目的地二者高度差来远距离输水的功能建筑。据介绍大水法的运作是以畜力驱动齿轮齿盘装置，齿轮齿盘旋转带动曲轴连杆机构提拉，将水平圆周运动的畜力转化为连杆的垂直驱动力，进而驱动柱塞上下运转，利用柱塞泵工作装置，将低处的水提升到高处，为大水法的蓄水池锡海供水，因为锡海和喷泉之间存在高度差，水从高处输送到低处的时候会产生强大的水压，水便喷射出来了。

第十章

赵州桥的设计者：李春

元代诗人刘百熙曾经为一座桥写过一副对联：水从碧玉环中过，人在苍龙背上行。刘百熙将这座桥比作苍龙，可见它的雄伟。这座桥名叫赵州桥，也叫安济桥，坐落于河北省赵县的洨［xiáo］河之上，因赵县古称赵州，因此得名赵州桥。它是由隋朝著名工匠李春设计建造，距今已经有1400多年的历史了。

古诗词中的赵州桥

除夕

［宋］程公许

一簪华发雪萧萧，流景星驰道转遥。
拨倦寒炉鸡唱晓，春风携手赵州桥。

除夕的夜晚天寒地冻，我年纪大了，花白的头发像窗外的雪一样，此情此景使我感慨时光的飞逝。我围着寒天中的火炉取暖守岁，不知不觉听到了报晓的鸡鸣，新的一年来到了，春风正从赵州桥上吹来。

解读

簪，即簪子，古时候人们用来别住头发的一种饰物。华发，形容花白的头发。流景星驰，这里形容时光飞逝。寒炉，冬天的火炉。程公许，南宋诗人。在这首诗里程公许描写了除夕迎春的情景，尤其结尾“春风携手赵州桥”用拟人的手法，向我们描绘了一幅春归图卷，别有一番气象。

南宋诗人描写赵州桥的诗有很多，如许及之的“唤作沃州人不识，今朝只过赵州桥”、敖陶孙的诗句“莫向华亭觅船子，赵州桥下有青龙”、林希逸的“万事有缘人赞叹，白沙师造赵州桥”等。

赵州桥的精巧设计

赵州桥始建于隋朝，是世界上现存年代最久远、跨度最大、保存最完整的单孔敞肩石拱桥。赵州桥建筑结构独特，设计合乎科学原理，桥体雄伟壮观，被世人誉为“天下第一桥”。赵州桥全长60多米，有9米多宽，中间行车马，两旁走人。这样长的桥居然全都是用石头砌成，整座桥没有桥墩，只有一个拱形的大桥洞，两边还各有两个拱形的小桥洞。这四个小桥洞虽然小，却有大作用。平常河水从大桥洞通过，到了河水暴涨的雨季，水就可以从小桥洞流过了。这样减少了水流对桥的冲击，也省了很多石料，非常实用。

赵州桥实拍图

稳固如初的赵州桥

赵州桥建成于公元605年，距今1400多年，经历了十次水灾、八次战乱和多次地震。特别是1966年3月8日邢台发生7.6级地震，赵州桥距离震中仅有40多千米，都没有被破坏，著名桥梁专家茅以升对赵州桥赞不绝口。

民歌里的赵州桥

在河北民歌《小放牛》里也有对赵州桥的赞美：

赵州桥来什么人修，
玉石栏杆什么人留，
什么人骑驴桥上走，
什么人推车轧了一道沟？
赵州桥来鲁班修，
玉石栏杆圣人留，
张果老骑驴桥上走，
柴王爷推车轧了一道沟。

关于赵州桥的美丽传说

相传，洨河每当雨季便泛滥成灾，使得两岸的百姓深受其害。鲁班为了使百姓能够幸福生活，便在一夜之间建造出赵州桥。就在鲁班造好桥后，柴王爷和张果老两个神仙刚好经过赵州桥，就问鲁班他造的桥是否能够同时经得住他们二人。鲁班对自己造的桥十分自信，就回答说："但走无妨。"于是柴王爷推着独轮车，张果老骑着驴踏上了赵州桥。然而，柴王爷的独轮车上装有五岳名山，而张果老更是带着太阳和月亮，当两个神仙踏上赵州桥时，桥身开始猛烈地摇晃。鲁班急忙跳进水中用力托住桥身，这样张果老和柴王爷才顺利通过。不过，因为鲁班在托住桥身之时，用力过猛，导致赵州桥的拱圈上留有一双手印；张果老带着太阳和月亮过桥时，在桥上留下了驴蹄印；柴王爷呢，也因为用力太猛，使得自己跌倒在桥上，他单膝跪地，在桥上留下了一个膝盖印。

研学互动：做个筷子桥

按照图中的标注的顺序，和爸爸妈妈一起用 9 根筷子搭建一座桥，看看这座桥上能放几本书？

第十一章

火药的发明者：古代炼丹家

火药是我国古代四大发明之一。火药的发明起源于我国古代的炼丹术。古代的很多帝王热衷于寻求长生不老之术，也就推动了炼丹术的发展。炼丹术中有一种很重要的方法是火法炼丹，就是一种长时间高温加热的方法，而配方则与火药的配方近似。可以想象，这样的配方组合在一起又要高温加热，爆炸是难免的，然而丹炉爆炸虽没有引起炼丹家们的重视，却给了军事家很多启发。火药主要是由硝石、硫黄和木炭按照一定比例配成。当火药受到冲击或者高热的时候就会爆炸，产生很大的能量。

古诗词中的火药

元 日

［宋］王安石

爆竹声中一岁除，春风送暖入屠苏。

千门万户曈(tóng)曈日，总把新桃换旧符。

在一阵阵爆竹声中，旧的一年已经过去。和暖的春风吹来了新的一年。人们高兴地畅饮着美味的屠苏酒。新年里，初升的太阳照耀着千家万户，人们忙着把旧桃符取下，换上新的桃符。

解读

元日，即春节。爆竹，古时候用火烧竹子，发出噼啪声，火花迸射，称为爆竹，后来人们用纸卷火药，点燃爆炸发出响声。人们认为，燃放爆竹能够驱鬼辟

［清］郎世宁《乾隆帝岁朝行乐图》（局部）

邪。屠苏，指屠苏酒。桃，指桃符，写有神荼［shēn shū］、郁垒［yù lü］两位神灵的名字的桃木板，古代于农历正月初一时悬挂在门旁，用来压邪，桃符是春联的前身。

王安石的《元日》描写了宋代春节燃放爆竹、饮屠苏酒、换桃符等习俗，向我们展示了古代春节的习俗和风貌。在宋代的时候，火药已经被人们熟悉和掌握，在很多书上都有人们燃放烟火来欢庆节日的记载，这是火药在生活娱乐中的使用。

火药的发明

火药发明的功劳应该属于我国古代的炼丹家，发明过程却是很偶然的。古时候的帝王总想长生不老，便让炼丹家炼制仙丹。长生不老当然是无稽之谈，可炼丹家们在炼丹的过程中有了意外的发现。当炼丹家将硫黄、硝石、木炭混合点燃，就会出现激烈的反应，这就是最初的火药。虽然炼丹家们已经逐渐掌握了控制火药的方法，但还是会出现丹房失火崩塌的情况。

火药既不能让人长生不老，又会引发爆炸、火灾，炼丹家当然对此不感兴趣。但火药到了军事家的手里，就发挥了巨大的作用。

火药在军事中的运用

火攻是古代战争中常用的一种进攻手段，在火药发明之前，火攻主要是靠火箭完成。火箭就是在箭头上绑一些像油脂、松香、硫黄之类的易燃物质，点燃后用弓射出去，以烧毁敌人的阵地。唐朝时期，火药兵器开始在战场上发挥作用。北宋时期，兵部令史冯继升向宋太祖赵匡胤献上了火箭，这个时候的火箭是在箭杆前端绑上火药筒，点燃后利用火药燃烧向后喷出气体产生的推力把箭矢射出去。随后，火球、火蒺藜、火炮等武器也开始出现。明代茅榛在《辽西歌》诗中就有对火炮的描写：

禅将分屯三十营，营营火炮震天鸣。

纵教胡马如征雁，不敢衔芦过北平。

火药在生产生活中的应用

随着人们对火药的认识深入，火药也被应用在生产工程中，开山、采矿都能见到它的身影。另外，据《武林旧事》《梦粱录》等书记载，火药作为制造烟火的原料在节庆娱乐上也得到了广泛应用，在宋代马戏杂技表演中，用火药燃烧喷出烟雾来制造神秘气氛。

研学互动：惊艳了世界的“大脚印”

北京奥运会开幕式上的烟花表演——大脚印，从永定门经过天安门到国家体育场“鸟巢”，这 29 个脚印象

征着29届奥运会一步步地走来，来到了鸟巢，惊艳了世界。

大脚印礼花燃放采用了膛压发射技术，可以调控压力，控制花弹的高低。另外，大脚印礼花从15千米以外准确无误地以每2秒一步的速度“走”过来，这个过程采用了数码控制点火新技术，可以将误差控制到几毫秒。

第十二章

轮船发明人：李皋

我们的祖先很早就学会了造船，早在3000多年前，他们就已经知道用舟来做浮桥。随着造船技术的发展，我国古代出现了很多坚固的大船，与造船技术同时进步的还有高超的航海技术。先进的船只不仅可以用来运输货物，还可以参与战争。早在春秋末年，吴国和齐国打仗，吴国用的就是水军，军船从现在的江苏下海，一直打到齐国所在的山东。

西塞山怀古

［唐］刘禹锡

王濬（jùn）楼船下益州，金陵王气黯然收。
千寻铁锁沉江底，一片降幡出石头。
人世几回伤往事，山形依旧枕寒流。
今逢四海为家日，故垒萧萧芦荻秋。

王濬的战船离开益州，朝着金陵进发，金陵城的王气骤然失色。城中的东吴皇帝孙皓命人用大铁索横于江面，拦截晋船，却被王濬攻破，这些铁索都已经沉入了江底。东吴战败了，石头城上举起了降旗。人世间的兴亡代谢总是让人感伤，只有西塞山依旧靠着滚滚的长江水。如今全国统一，旧时的壁垒已成废墟，只有芦荻在秋风中飘摇。

解读

西塞山，位于今湖北省黄石市。王濬，西晋益州刺史。晋武帝兴兵伐吴，派王濬造大船，离开巴蜀。王气，帝王之气。四海为家，即四海归于一家，指全国统一。刘禹锡这首《西塞山怀古》是一首咏史诗，描写的是西晋灭吴的历史故事，诗中表达出了国家统一是历史之必然，阐发了事物兴废决定于人的思想。西晋王濬建造的战船，已经颇具规模，称得上是那个时代的航空母舰。据说战船上有木质的楼，可容纳 2000 多人；船面宽阔，甚至可以在上面骑马跑动。

隋唐的船

隋朝的船在个头上有了进一步的提升，御史大夫杨素造出了可以容纳 800 人的五层大战舰。由于海上交通发达，隋唐时期的海岸线一直延伸到波斯湾，商船来来往往进行着和平贸易。这些商船的装备非常完善，不但有帆、锚，还有自卫的武装，甚至还有救生艇。值得一提的是，在唐太宗时期，曹王李皋［gāo］设计的战舰，两旁有用人力踏动的两个轮子，可以在水中飞快地行进，这就是早期的轮船，当时被称作“车船”。

宋朝的船

宋朝造船业非常发达，造出了很多新型船只和远洋巨型海船。同时由于指南针的应用，多帆多樯和隔离舱等技术，使宋朝的海运到达了一个高峰。1974 年在福建泉州发掘出了一艘宋代海船，将这艘船复原后发现，船长约 35 米，宽约 10 米，排水量约 370 吨，绝对是那个时代的“海上巨无霸”。宋代毛珝［xǔ］在《海陵之堡城》中描写了战争后“休闲”中的战船：

四面蒹葭水接天，中间一片是人烟。

相逢尽喜干戈息，白鹭飞来立战船。

拓展阅读：郑和下西洋

我国历史上所记载的最大的船出现在明朝，所属郑和的舰队。明朝的郑和七次出使西洋，开启了我国的大航海时代，是我国古代规模最大、船只和海员最多、时间最久的海上航行，也是 15 世纪末欧洲的地理大发现航行之前，世界历史上规模最大的一系列海上探险。郑和首次率领的舰队，是由 60 余艘大海船组成，共载 27800 余人，其中的大船长约 147 米，宽约 60 米，也是当时世界上最大、最先进的海船。

第十三章

活字印刷术发明者：毕昇

在古代，书最初是靠手抄写的，你如果喜欢某一本书，是买不到的，只能把书借来，然后自己或者请人抄写。这种情况一直持续到印刷术的出现和普及。什么是印刷术呢？简单来说，印刷术就是把字刻到板子上，在板子上涂上墨，然后盖上白纸，白纸上就出现了黑色的字迹。有了印刷术，就不用再一本一本地抄书，只需要制作一个印版，就可以印出很多一样的书了。

题 句

［清］姜实节

四人分写一花枝，写出传看朵朵奇。

恰似《兰亭》摹(tà)拓本，浅深肥瘦各相宜。

四个人同时画一朵花，每人画得都是那样传神生动。这就好像临摹王羲之的《兰亭序》拓本，有的深一点，有的浅一点，有的肥润一点，有的纤瘦一点，但都恰到好处，也各有各的妙处。

解读

《兰亭》，即《兰亭集序》。《兰亭集序》在书法上成就极高，被誉为“天下第一行书”。拓本，指从石碑上拓印下来的纸本。这首诗描写的是绣谷堂的牡丹花只开了一枝，诗人的四个朋友都来画这一枝牡丹。虽然描绘的是同一枝牡丹，但因为每个人选取的角度不同，每个人的画风不同，最终呈现出来了四种不一样的效果。

拓印

因为古时候抄书难免会出现抄写错误，在汉灵帝的时候，为了避免这些错误，就让蔡邕［yōng］等书法家把当时最为普及的书写出来，然后刻到石碑上，作为标准。求学的人们从全国各地来京城抄写石碑，但抄写毕竟麻烦，有人就发明了拓碑的方法：先将纸润湿铺在碑上，然后用棉锤敲击。纸干了之后，碑上刻字的地方就凹了下去，然后用刷子在纸上均匀地刷上一层墨。这样纸上就出现了黑底白字，比起抄写既简单省时，又保留了字体的真迹，用这种方法得到的纸本就是拓本。拓碑和印刷非常相似，可以说是印刷的萌芽，为后来雕版印刷的出现提供了宝贵的经验。

雕版印刷

自拓印出现后，每个时代都有石经的雕刻，但把文章刻在石头上费工费料，而且石刻非常笨重，是不可能用来印书的。隋朝时期人们用木板代替了石碑刻字，雕版终于出现了。什么是雕版呢？雕版就是把写好字的薄纸反贴在木板上，把无笔画的地方都凿去。在这块凸出反字的雕版上涂上墨，盖上白纸就可以印刷了。雕版印刷比起拓印简单多了，价格便宜，工人也省力气，一块雕刻好的木板可以反复使用，印制大量书本，所以自唐代开始，雕版印刷得到了广泛使用。

做雕版的木材需要木质细腻结实，古时候人们常常选用枣木、梨木做版料。如果有人刻印了没有价值的书，就浪费了版料，所以有了成语灾及梨枣，意思是白白糟蹋了梨木、枣木这样好的木材。

活字印刷

雕版印刷虽然极大地满足了人们的需求，但也有一些明显的缺点。首先要印刷一本书，就要刻一套版，非常麻烦费力。其次，出现刻错字的时候，也不容易修改。到了宋代，印刷工人毕昇发明了活字印刷术。所谓活字，就是在胶泥上刻字，每块一个字，用火烧硬。印刷之前先在有框的铁板上涂一层松香、蜡、纸灰等的混合物，将活字排列在铁板上，完成后用火在铁板下加热，等蜡稍微融化了，就用平板将字面压平，这就是活字版，然后就可以和雕版一样印刷了。毕昇是世界上第一个发明活字印刷术的人，比德国人约翰内斯·古腾堡发明铅活字印刷术早了约 400 年。

古代印刷术的演变

印刷术是我国古代的伟大发明，也是一项比较综合的发明，它的出现需要满足几个先决条件：文字的规范统一、造纸和雕刻技术的成熟等。印刷术经历了印章、拓印、雕版印刷、活字印刷等阶段。

研学互动：做枚橡皮章

生活中，你有没有注意到签章用的印章和制作月饼用的模具，想一想，它们的刻印方式有什么区别？你可以试着用橡皮，刻一个能印出下面这个图案的橡皮章吗？动手试试看吧！

2008 年北京奥运会会徽——“中国印 · 舞动的北京”

第十四章

悬挂型指南针发明者：沈括

指南针，我国古代四大发明之一，也叫罗盘针，是一种磁针。它的构造就是一根安装在轴上的磁针可以自由旋转，由于指针带有磁性，指针会自动指向南北，这样我们通过指南针就可以判断方向了。指南针发明之后，经历了很长时期的改进，最终才变成我们现在见到的样子。

古诗词中的指南针

扬子江

［宋］文天祥

几日随风北海游，回从扬子大江头。
臣心一片磁针石，不指南方不肯休。

连续几天伴随着狂风向北海漂游，费尽千辛万苦终于回到扬子江头。我的心就像那具有磁性的指南针一样，不指向南方不肯罢休。

解读

磁针石，即指南针。南方，即南宋朝廷。诗人文天祥是南宋末年政治家、文学家，抗元名臣。在元军南下攻宋的时候，他招募士卒坚决抗击元军，后来被俘，屡遭威逼利诱，誓死不屈，最后英勇就义。文天祥在《过零丁洋》一诗中写的“人生自古谁无死，留取丹心照汗青”激励了无数仁人志士为了理想而抗争。而这首《扬子江》同样慷慨激昂，诗人通过指南针一直指向南方的特性，表达了自己一直忠于南宋王朝的勇气和决心。

最早的指南针：司南

地球就是一块“大磁铁”，磁铁的两极就在南极和北极。在我国古代，人们发现磁石的磁性能够指方向的特征，便开始制作指南的工具。最早的指南工具叫作司南，司南由杓 [sháo] 和栻 [shì] 组成。杓就是用磁铁做成勺子的形状，栻是盘子的形状。将杓放在栻上，让它自主转动，停住的时候，杓柄所指的方向就是南方。

指南针的变身：指南鱼

由于司南不方便携带，人们便研制出了新的指南针——指南鱼。指南鱼就是将薄铁片剪裁成手指大小的鱼的形状，然后把鱼形的铁片磁化，再让它浮到水中，指南鱼便可以指方向了。随着指南鱼的不断改进，人们用磁化的钢针制作指南的工具，指南针最终有了针的形状。

沈括与悬挂型指南针

指南针发明后，除了可以用于星象占卜、风水勘测之外，更重要的是它可以用于航海。但是，在颠簸的海上使用司南、指南鱼这些指南工具很不方便。北宋时期的科学家沈括在《梦溪笔谈》里便提出了悬挂型指南针。所谓悬挂型指南针，就是把磁针用线悬挂在空中，这样磁针更容易旋转。沈括的悬挂型指南针确定了近代指南针的构造。更为难得的是，沈括还指出，磁针所指的方向并不是正南，而是略微偏东，后来近代科学证实了磁偏角的存在。

沈括年少时博览群书，勤奋好学，他后来考中进士被调到开封做官时，更是读了不少皇家图书馆的藏书。他研究天文和历法，还绘制完成了《天下州县图》，虽然已经是人们眼中的饱学之士了，但他为人却很谦虚，常向各种人请教，“或医师，或里巷，或小人，以至士大夫之家，山林隐者，无不求访”。他常常去实地调查和勘测，并把自己的见闻写进《梦溪笔谈》中，我国历史上“石油”这个词最早就见于这本书。此外，毕昇创造的活字印刷术在《梦溪笔谈》中也有详细的记述。

风水师的指南针：罗盘

指南针发明后，风水师将磁针与分度盘相结合，对指南针进行了改造，创制了新一代指南针——罗盘。罗盘，又叫罗经仪，是用于风水探测的工具。罗盘主要由位于盘中央的磁针和刻有一系列同心圆的金属盘组成，罗盘上还刻有不同的字符，代表天干地支四象八卦等。

研学互动：百变指南针

请将不同时期指南针的名称和对应的图片连起来。

1. 司南 · ·

2. 指南鱼 · ·

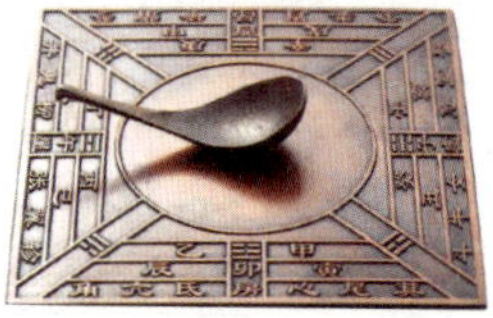

3. 悬挂型指南针 · ·

4. 罗盘 · ·

第十五章

布业始祖：黄道婆

我国古代很早就有纺织活动，我们的祖先早就懂得了用蚕丝和麻来制作衣服。在新石器时代的遗迹里，考古学家就曾发现过蚕茧的化石。而在漫长的纺织历史中，出现了许多富有代表性的能工巧匠，有神话传说中发明了养蚕的嫘［léi］祖，也有宋末元初的棉纺织专家黄道婆。

古诗词中的纺织

豳(bīn)风·七月（节选）

七月流火，九月授衣。春日载阳，有鸣仓庚。女执懿(yì)筐，遵彼微行(háng)，爰(yuán)求柔桑。春日迟迟，采蘩(fán)祁祁。女心伤悲，殆及公子同归。

七月流火，八月萑(huán)苇。蚕月条桑，取彼斧斨(qiāng)，以伐远扬，猗(yī)彼女桑。七月鸣鵙(jú)，八月载绩。载玄载黄，我朱孔阳，为公子裳。

七月大火星向西方，天气转凉，九月女工开始缝制衣裳。转眼到了春天，阳光暖洋洋，黄莺枝头把歌唱。姑娘提着深竹筐，走在春天的小路上，伸手采柔桑。春来白昼渐渐长，采蒿的人闹嚷嚷，姑娘心里暗悲伤，就怕被公子看上把人抢。

七月大火星向西方，天气转凉，八月割倒芦苇做冬藏。转眼到了春天，修剪桑树用斧斨，高枝长条砍个光，攀着细枝摘嫩桑。七月伯劳鸟儿声声唱，八月纺麻织布忙。染布有黑又有黄，我染得红色更鲜亮，为那公子做衣裳。

解读

七月，夏历七月。火，即大火星。仓庚，黄莺。微行，小路。蘩，白蒿。萑苇，荻草和芦苇。斨，方孔的斧子。猗，拉着。女桑，嫩桑叶。鵙，鸟名，又名伯劳。

《豳风·七月》是我国古代第一部诗歌总集《诗经》中的一首诗，豳地在今天陕西的旬邑、彬县一带。这首《豳风·七月》叙述了西周农民一年到头无休止的劳动过程和他们的生活情况，我们可以从节选的两段诗中了解到先民们养蚕采桑、纺麻、织布、染布等生活场景。

《诗经》中的种桑养蚕

《诗经》记载了西周初年到春秋中叶的很多社会生活情况，我们可以从中了解到，那时候的纺织品制作工艺已经有了很高的水平，而且人们还掌握了染色的技术。在《诗经》中，很多篇章都记载了当时人们养蚕、缫［sāo］丝、织帛、染色、刺绣，以及种麻、采葛、煮葛、织染的情况。《郑风·子衿》中就出现了黑色的衣领："青青子衿，悠悠我心。"可见，我国2000多年前的古人做出的织物的颜色已经不再是天然纤维的原始色。

嫘祖始蚕

传说，嫘祖是黄帝的妻子，她聪明善良，有一双巧手。嫘祖会用兽皮制作出衣服和鞋子，渐渐地人们都有了衣帽避寒。可是，兽皮毕竟有限，没有兽皮衣服的人只能靠树皮树叶御寒。有一天，嫘祖在桑树林里发现了很多白色的“小果子”，她通过观察发现，这些小果子是小虫子通过吐丝做成的。会吐丝的小虫子就是蚕，而白色果子就是蚕茧。于是，嫘祖通过反复尝试，用蚕茧缫丝，然后织成了轻薄柔软的丝绸，用丝绸做成的衣服穿起来可真是舒服呢！这就是嫘祖始蚕的故事。此后，嫘祖教大家栽桑养蚕，人们为了纪念她的功绩，尊称她为“先蚕娘娘”。

伟大的女纺织家黄道婆

黄道婆小的时候因为受不了寄养家庭的虐待，便逃离了家乡松江府，流落到了海南崖州，在那里居住了数十年。南宋末年，崖州黎族的棉纺织工具和技术都很发达，黄道婆聪明好学，虚心向当地黎族妇女学习棉纺织技艺，很快就成了棉纺织能手。

后来，黄道婆改进了纺织技术，还发明改进了纺织工具。她发明了棉花脱籽机，又称“轧花机”，发明了弓式肩挂手工弹棉机，发明及改进了纺纱机，还改进了原有的织布机。

黄道婆回到家乡后，教乡人改进纺织工具，制造擀、弹、纺、织等专用机具，织成各种花纹的棉织品，对促进长江流域棉纺织业和棉花种植业的迅速发展起了重要作用，被后人誉为“布业始祖”、衣被天下的“纺织技术家”。

研学互动：有趣的蚕宝宝

蚕的一生，是从卵开始，经过幼虫、蚕蛹、蚕蛾几个阶段。蚕宝宝的卵很小，一般为椭圆形，有灰色、褐色、橙色等不同颜色。蚕宝宝在卵期主要完成胚胎发育。蚕宝宝从卵中孵化出来后就变成了幼虫，幼虫的胃口很大，要不断地吃桑叶。吃饱喝足的幼虫长得很快。经过一段时间后，因为生长太快蚕宝宝的皮肤已经限制其生长了，这时蚕宝宝就不再吃东西了，而是美美睡一觉。

其实蚕宝宝在睡觉的时候，并不是什么都不干，而是在体内发生复杂的生理变化，主要包括新皮肤的形成与旧皮肤的蜕去，这就是我们说的“蜕皮”。

蚕宝宝更换了新的“衣服”后，就会继续吃。蜕皮是家蚕长大的标志，一般来说，蚕宝宝在幼虫期要经历 4 次蜕皮。当蚕宝宝吃饱喝足长大到一定程度，身体就会呈现十分明显的透明状，这个时候蚕宝宝就有了新的技能，也就是我们熟悉的环节——吐丝结茧了。

蚕的一生

第十六章

一技封神的陶瓷艺术家：唐英

我国是瓷器的故乡，在英文中“瓷器（china）”与“中国（China）”同为一词，充分说明精美绝伦的瓷器完全可以成为我国的一张闪亮名片。唐朝诗人陆龟蒙在《秘色越器》中有对越窑的描写：“九秋风露越窑开，夺得千峰翠色来。”唐朝之后，我国通过“丝绸之路”向国外出口了大量的瓷器，并受到了外国人的追捧，那个时候，几乎每一个外国贵族家里都能看到瓷器的身影。

古诗词中的瓷器

又于韦处乞大邑瓷碗

［唐］杜　甫

大邑(yì)烧瓷轻且坚，扣如哀玉锦城传。
君家白碗胜霜雪，急送茅斋也可怜。

誉满成都的大邑瓷器质地坚硬又轻盈，敲起来就像敲在玉石上一般悦耳动听。我知道您的家中收藏了许多白如霜雪的大邑瓷碗，如果能够送给我一些，那就太令人开心了，一定会为我的茅斋增加光彩。

解读

韦处，指涪［fú］江县县尉韦班的家中。大邑，县名，在四川成都。哀玉，玉声凄清的声响。锦城，成都的别称。茅斋，指杜甫草堂。可怜，可喜。这首诗是杜甫在成都营建草堂的时候，因为听说朋友韦班的家中收藏了许多大邑产的瓷碗，便写下了这首诗向其索要。全诗写得轻松有趣，让我们读到了诗圣杜甫以诗作便笺向朋友索物的趣事。

瓷器的历史

人们习惯把陶和瓷相提并论，并称为陶瓷。陶瓷，是火与土的艺术。我国是世界上最早生产瓷器的国家。远在新石器时代，我们的祖先就已经学会制作简单的陶器了。在制陶的长期实践中，人们逐渐懂得了原料的选择和加工。到了原始社会末期，人们用比较纯净的瓷土烧出了胎质白而坚硬的白陶。陶器的最大缺点就是容易渗水，为了解决这个问题，古代工匠进行长期探索，到了商代终于发明出釉［yòu］料，制出了表面施釉的釉陶。这些技术的出现，为瓷器的发明提供了条件。人们很自然地将白

［隋］白瓷鸡首壶

陶和釉陶的优点结合在一起，即在白陶上施一层釉，然后在较高的温度下烧制，原始瓷器就这样诞生了。随着物质条件和技术条件的逐步改善，到了东汉，古人终于烧出了成熟的青瓷。

宋代六大窑系

到了唐代，制瓷业有了飞速发展，形成了以南方越窑和北方邢窑为代表的两大瓷窑系统。宋元时代是我国瓷器艺术发展的高峰，当时窑场林立，瓷器种类繁多、工艺精湛、技法丰富，名瓷名窑几乎遍布中原，

形成了六大瓷窑体系，分别是定窑（在定州，今河北曲阳县）、耀窑（在耀州，今陕西铜川市）、钧窑（在钧州，今河南禹县）、磁州窑（今河北磁县）、龙泉窑（今浙江龙泉市）和景德镇窑（今江西景德镇市）。

唐英与唐瓷

我们现在一提起瓷器，肯定会想到江西景德镇。在明清两朝，江西景德镇成为我国制瓷业的中心，代表了当时制瓷技术的最高水平，景德镇的青花瓷成为全国瓷器生产的主流。明清两朝为了保障皇家用瓷的数

［清］乾隆霁蓝釉粉彩描金莲花纹双燕耳尊

［清］乾隆珐琅彩缠枝花卉纹蒜头瓶

［明］嘉靖款五彩鱼藻图盖罐

量与质量，在景德镇设立御窑厂，并建立了督陶官制度。几百年间，有很多督陶官被派往景德镇，专门负责监督御用瓷器的生产。其中，唐英无疑是最突出的代表。

唐英，清代陶瓷艺术家，因为他在瓷器艺术中的卓越成就，被后世称为陶瓷神人。1728 年，47 岁的唐英成为景德镇御窑厂督陶官，他拜陶瓷工匠为师，虚心学习，努力实践，成为既懂理论研究又有实践的陶瓷行家，撰写了《陶务叙略》《陶冶图说》《陶成纪事》等大量有关陶瓷的理论著作。唐英在景德镇督陶时烧制

[清]《陶冶图》(局部)

的瓷器被称为“唐瓷”，其制作工艺达到了前所未有的高度，创烧了珐琅彩、斗彩、粉彩等品种，促进了颜色釉的繁荣发展，在我国陶瓷史上留下了浓墨重彩的一笔。

拓展阅读：定瓷的前世今生

定瓷是我国古代五大名瓷之一，产地在今河北曲阳。自唐至元，繁衍数百年。定瓷胎质坚密、细腻，釉色透明，柔润媲玉，定瓷以白定为主，曾有“白如玉、薄如纸、声如磬”之说。定瓷烧制始于唐代，北宋时期进入鼎盛。后定窑毁于元代战乱，造瓷绝技也随之失传。

20 世纪 70 年代以来，曲阳定瓷得以恢复失传千年的烧造绝技。陈文增、蔺占献、和焕等艺术大师发扬艰苦奋斗的精神，坚定从事定窑研究、创作近 40 年，在恢复传统定窑烧造技艺的基础上，不断开拓创新，创作出许多优秀作品。2008 年，定瓷传统烧制技艺入选国家级非物质文化遗产。

部分参考答案

008 页

除了酒，生活中常见的发酵食物还有乳制品、豆制品、发酵蔬菜、调味品等。比如：①乳制品，如酸奶、酸奶油、干酪等；②豆制品，如豆腐乳、豆豉、纳豆等；③发酵蔬菜，如泡菜、酸菜等；④调味品，如醋、黄酱、酱油、味精等。

025 页

节俭从生活中的点滴做起，比如节约水电资源，及时关掉水龙头和出门前随手关灯，减少不必要的浪费；另外充分利用宝贵的能源也很必要，用淘米水洗菜浇花，洗过衣服的水用来冲马桶，把自己不穿不用的衣服和图书捐赠给需要的人都是物尽其用的节俭方式。除此之外，你一定还能想到很多节俭的好办法，不要小看这些小小的行动，积少成多，时间久了就能成为一个节俭的人呢！

050 页

见图示：

5
2
4
1
3
7
6

059 页

把天枢、天璇星连接起来，在天璇到天枢的延长线上是天璇到天枢距离 5 倍远的地方可以看到一颗闪亮的星，它就是北极星了。

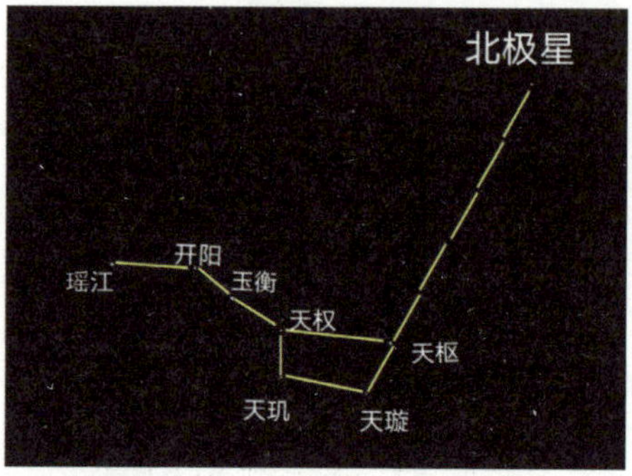

114 页

见图示：

1. 司南

2. 指南鱼

3. 悬挂型指南针

4. 罗盘

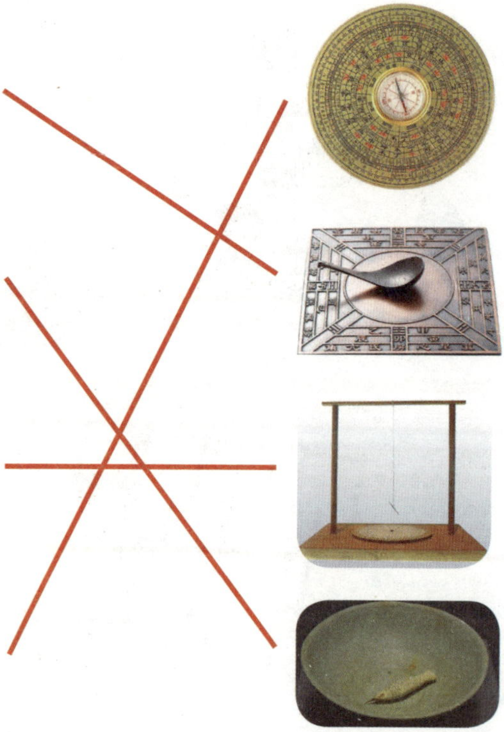

诗词大有文化

嬉戏娱乐

李江湖 编著　小种子童书馆 编绘

人民东方出版传媒
People's Oriental Publishing & Media
東方出版社
The Oriental Press

图书在版编目（CIP）数据

诗词大有文化. 嬉戏娱乐 / 李江湖编著；小种子童书馆编绘.
—北京：东方出版社，2022.7
ISBN 978-7-5207-2780-8

Ⅰ.①诗… Ⅱ.①李… ②小… Ⅲ.①古典诗歌-诗歌欣赏-中国-青少年读物 Ⅳ.①I207.2-49

中国版本图书馆CIP数据核字（2022）第078461号

诗词大有文化：嬉戏娱乐
(SHICI DA YOU WENHUA：XIXI YULE)

策划编辑：鲁艳芳
责任编辑：金　琪
出　　版：東方出版社
发　　行：人民东方出版传媒有限公司
社　　址：北京市西城区北三环中路6号
邮　　编：100120
印　　刷：小森印刷（北京）有限公司
版　　次：2022年7月第1版
印　　次：2022年7月北京第1次印刷
开　　本：710mm × 1000mm　1/16
印　　张：8.5
字　　数：64千字
书　　号：ISBN 978-7-5207-2780-8
定　　价：168.00元（全4册）

发行电话：（010）85924663 85924644 85924641

目录

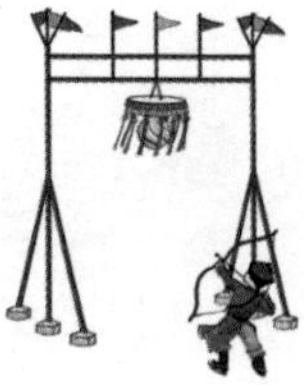

玩，是孩子的天性，也是所有人的天性。人们在学习、工作之余，会找各种方式去放松身心，娱乐自我。你可能想不到，打弹弓、放风筝、斗蟋蟀、下棋、拔河、荡秋千……这些我们常见的娱乐游戏，其实古人早就已经玩得“不亦乐乎”了。想象一下，当你的手牵着风筝线时，空中的风筝已经有几千年的历史了，在时间的那一头，曾有许许多多“贪玩”的人，在和暖的春风中小试身手，那一刻，你是不是觉得和古人距离很近呢？这种感觉真的很奇妙。

第一章

放风筝

风筝，起源于我国，也叫纸鸢［yuān］、风鸢、飞鸢，相传最早的风筝叫作木鸢，是春秋战国时期墨子用木头做成的。风筝被称作“人类最早的飞行器”，迄今已经有 2000 多年的历史了。放风筝是传统民间游戏，从古至今都是老少咸宜的休闲娱乐活动，每当春光明媚、草长莺飞的时候，在公园里、草地上、原野间，总能看到放风筝的人们。

古诗词中的放纸鸢

村居

［清］高　鼎

草长莺飞二月天，拂堤杨柳醉春烟。
儿童散学归来早，忙趁东风放纸鸢。

早春二月，小草发芽了，开始茁壮生长，黄莺在青草间快乐地飞舞。河堤上的杨柳在春风中调皮地摇摆，仿佛陶醉在这明媚的春光中。村里的孩子们放学了，便急急忙忙赶回家，趁着这东风将五颜六色的风筝放飞蓝天。

解读

高鼎，清代诗人。散学，放学。这首诗是高鼎在乡间居住时所写，诗的前两句描写了诗人当时所见的春日乡村的自然景色，充满了勃勃生机；诗的后两句则重点描写了儿童放学后放风筝的场景，向我们展示了一幅动态的游戏画面。从这首诗可见，清代的孩子们对于放风筝是多么喜爱！

风筝的发展

风筝不仅有娱乐的功能，在南北朝时期，风筝还是传递信息的工具。从隋唐开始，由于造纸业发达，民间开始用纸来裱糊纸鸢。五代时期，人们在原有的纸鸢上安装了竹笛，使之在风中飞行时发出类似古筝的声响，纸鸢因此得名“风筝”。

到了宋代，放风筝已成为人们喜爱的户外活动。明清时代是我国风筝发展的鼎盛时期，明清风筝在尺寸、样式、扎制技术、装饰和放飞技艺上都有了超越前代的巨大进步。当时的文人亲手扎绘风筝，除自己放飞外，还赠送亲友，并认为这是一种极为风雅的活动。

不比飞得高的风筝比赛

早在宋代，风筝比赛就出现了。在南宋都城临安，出现了一种叫作“斗风筝”的游戏，不可思议的是这种比赛不是比谁的风筝飞得高，而是要比赛者牵引风筝线，以绞断对方的线为赢。正如南宋词人周密在《武林旧事》中所描绘的：“桥上少年郎，竞纵纸鸢，以相勾引，相牵翦 [jiǎn] 截，以线绝者为负，此虽小技，亦有专门。”

名人也爱放风筝

明代书画家徐渭是一位风筝迷，特别喜欢画风筝，还将每一幅风筝图都配上诗句，他写下很多首《风鸢图诗》，让人们感受到一种独特的诗情画意：

柳条搓线絮搓棉，搓够千寻放纸鸢。

消得春风多少力，带将儿辈上青天。

画家齐白石晚年住在北京四合院里，常常回忆少年时代在乡村的生活，追忆自己放风筝的美好经历。他画了一幅《牧童纸鸢》表达思乡之情。但这不是齐白石第一次画放风筝，早年的时候他就画过《春坞纸鸢图》，并在画上题诗：

仰观万丈落儒冠，一线欲无云际寒。

不见木鸢天上去，诸君尘世未曾看。

山东潍坊：世界风筝之都

山东潍坊又称鸢都，制作风筝历史悠久，工艺精湛，被推崇为“世界风筝之都”。潍坊的风筝题材多样，具有独特的艺术特色和民间生活气息，是传统手工艺珍品。2006 年 5 月，潍坊风筝被列入第一批国家级非物质文化遗产名录。国际风筝联合会的总部也设在了潍坊，现在世界上 70% 以上的风筝都产自潍坊，潍坊已经成为世界风筝文化交流的中心。

山东潍坊世界风筝博物馆

研学互动：做风筝

北京的春天，放风筝的人特别多，有沙燕风筝、龙形风筝、金鱼风筝等传统风筝，还有各种各样的现代卡通风筝。现在就来动手做一个最简单的王字风筝吧！

需要准备的材料有：细长竹条、报纸、风筝线、糨糊、剪刀、彩笔等。

第一步：用细竹做骨架，做一个“王”字的形状，要做得对称，这样风筝飞起来才不易倾斜；

第二步：用糨糊在“王”字上糊上报纸，再粘两条纸作为风筝的尾巴；

第三步：在风筝上画上自己喜欢的图案；

第四步：在竹骨架上绑上风筝线。

这样，一个简单的风筝就做好了，赶紧去尝试放飞吧！

第二章

打弹弓

你打过弹弓吗？打弹弓曾是很多孩子非常喜爱的游戏。弹弓，一般是在一个“丫”字形的树杈两端系上皮筋，皮筋中间有一个包裹弹丸的皮兜。使用的时候，一手握住树杈，一手将弹丸放到皮兜上往回用力拉皮筋，松开手后弹丸就飞了出去。你可别小看这小小的弹弓，它的历史非常悠久，还曾作为武器出现在战场上。

古诗词中的弹弓

宫词（节选）

［五代］花蕊夫人徐氏

侍女争挥玉弹弓，金丸飞入乱花中。
一时惊起流莺散，踏落残英满地红。

宫中的侍女们争着抢着挥动着玉质弹弓，将金色的弹丸射向花丛中。在弹丸飞入花丛的瞬间，流莺都被惊吓得飞了起来，四处逃散，只剩下满地的落花，诉说着刚才的热闹场面。

解读

花蕊夫人，是五代前蜀主王建的妃子，姓徐，被称作小徐妃。她写了近百首以宫廷生活为主题的诗作，主要描写的是在前蜀宣华苑游乐的故事，被称为《花蕊夫人宫词》。这里所节选的《宫词》描写的是生活在皇宫中的宫女们用弹弓打流莺的生活场景。可见打弹弓无论在民间还是皇室，都是非常受欢迎的娱乐活动。徐渭在《风鸢图诗》中也有对弹弓打黄莺的描写：

才见春郊鸢事歇，又搓弹子打黄头。

古时候的弹弓

古时候的弹弓其实和弓长得差不多，发射的原理也和弓箭类似，都是利用弹射力，只是弹弓用的是弹丸，而弓箭用的是箭。弹弓除了用于娱乐，还曾经被当作打猎的工具，甚至一度成为武器或者暗器在战场上使用。后来随着皮筋的发明，人们将皮筋用在了弹弓上，才出现了现在我们所见到的玩具弹弓。

古诗中藏着最早的弹弓

《吴越春秋》中记载了一首古老的歌谣《弹歌》，这首《弹歌》描写了远古时期我们的祖先用弹弓打猎的场景：

断竹，续竹；

飞土，逐宍［ròu］。

土，这里指泥制的弹丸。宍，即肉，这里指猎物。这首歌谣的意思是说，砍伐竹子，将砍断的竹子做成弹弓，把泥丸装到弹弓上发射出去，弹丸便朝着飞禽走兽射去。在生产力低下的远古时期，祖先们有了弹弓，极大地提升了狩猎能力，叫人不得不惊叹古人的智慧。

二郎神的弹弓

在我国四大名著之一《西游记》中，二郎神杨戬［jiǎn］也使用弹弓，在他出场的时候就有腰挎弹弓、手拿三尖两刃枪的描写：

腰挎弹弓新月样，手执三尖两刃枪。

而他和孙悟空的斗法中，还曾使用弹弓将孙悟空打了个踉跄："（二郎神）即现原身，走将去，取过弹弓拽满，一弹子把他打个蹦［lóng］踵［zhǒng］。"

与弹弓一样风靡一时的游戏：陀螺

陀螺，北方也叫"冰尜［gá］"或"打老牛"。它是用木头削成一个面平底尖的圆锥体，在底部尖端镶嵌一颗珠子，玩的时候可以用手将陀螺旋转或者用绳子缠绕，用力抽绳，使其直立旋转，然后再用绳子继续抽打，这样陀螺就可以转个不停了。

研学互动：纸团弹弓

第一步：用纸团成小球，小球要团紧，作为弹丸备用。

第二步：将左手的大拇指和食指张开，用橡皮筋套上，模拟弹弓的样子。

第三步：将纸球放在橡皮筋的中间，用右手拉动，然后松开手，纸团就飞了出去。

注意：不要用太大的力量拉动橡皮筋，防止橡皮筋反弹伤到手。

第三章

斗草

斗草，也叫斗百草，是古代流行的一种游戏。斗草的起源时间非常早，唐代诗人刘禹锡就写有“若共吴王斗百草，不如应是欠西施。”的诗句，说明春秋末期吴王夫差就已经和西施在宫中玩斗草了。斗草还深受女子、儿童的喜爱，在唐诗宋词中多有体现。唐代诗人白居易在《观儿戏》中写道：“弄尘复斗草，尽日乐嬉嬉。”宋代词人李清照在《浣溪沙·淡荡春光寒食天》中描写斗草：“海燕未来人斗草，江梅已过柳生绵。”

古诗词中的斗草

春日田园杂兴（节选）

［宋］范成大

社下烧钱鼓似雷，日斜扶得醉翁回。
青枝满地花狼藉，知是儿孙斗草来。

祭祀的日子，人们都去烧香拜佛祈求新的一年有好的收成。闹哄哄的场景一直到了太阳快落山才结束，老人们喝得醉醺醺被人扶回家去。剩下满地的花枝草叶，一定是孩子们在这里玩斗草游戏了。

解读

南宋诗人范成大退居家乡后，写了一组大型的田园诗《四时田园杂兴六十首》，其中描写春日景色的《春日田园杂兴》一共有 12 首。本诗描写了南宋春社时候的农村风貌和日常生活，尤其写到了孩子们的娱乐活动——斗草。

《诗经》里的斗草

“斗草”一词出现在汉代，西汉的儒家学者申培认为《诗经》中的《周南·芣苢 [fú yǐ]》就是儿童斗草时候所唱的歌谣。芣苢，车前草。

采采芣苢，薄言采之。采采芣苢，薄言有之。

采采芣苢，薄言掇之。采采芣苢，薄言捋 [luō] 之。

采采芣苢，薄言袺 [jié] 之。采采芣苢，薄言襭 [xié] 之。

文斗和武斗

斗草主要有两种形式，一种是文斗。文斗是以每人采得花草名作对，看谁的种类多、品种奇。文斗比的是文学素养，在我国四大名著之一《红楼梦》中就有对文斗的描写：

外面小螺和香菱、芳官、蕊官、藕官、荳［dòu］官等四五个人，都满园中顽（玩）了一回，大家采了些花草来兜着，坐在花草堆中斗草。这一个说：“我有观音柳。”那一个说：“我有罗汉松。”那一个又说：

“我有君子竹。”这一个又说：“我有美人蕉。”这个又说：“我有星星翠。”那个又说：“我有月月红。”这个又说：“我有《牡丹亭》上的牡丹花。”那个又说：“我有《琵琶记》里的枇杷果。”荳官便说：“我有姐妹花。”众人没了，香菱便说：“我有夫妻蕙。”

武斗的玩法具体如下：首先，比赛的双方先各自摘取具有一定韧性的草。最初人们用的主要是车前草，车前草比较常见，在田间的沟壑、路边都能找到；另外车前草拥有很多又细又长的根茎，所以比较适合武斗。然后，将双方的草相互交叉成“十”字状，并朝各自的方向进行拉扯，依靠草的耐受程度决定输赢，草保持不断的一方就是最终的胜利者。

研学互动：用叶梗玩“斗草”

和同学或者家长在公园、路边捡一些树叶，用树叶叶梗来斗草，看看什么样的树叶最结实。

第四章

钓鱼

斗草是人们在寻找花草过程中形成的游戏，而钓鱼、捕蝉则是人们通过捕捉小动物来娱乐身心的休闲游戏。可你们知道吗，如今钓鱼已成为一种娱乐方式，在最初却是人们为了填饱肚子而进行的“狩猎”活动。在远古时代，鱼是非常重要的食物来源，人们为了捕鱼，想出了很多办法，比如用手抓、用石头砸，但这些捕鱼方式的效率很低。后来，人们学会了制造工具，便有了渔叉、渔网，钓鱼也在此时诞生了。到了农耕社会，食物逐渐能自给自足，钓鱼不再是单纯的狩猎活动，而成为大众陶冶身心的休闲方式。

古诗词中的垂钓

小儿垂钓

［唐］胡令能

蓬头稚子学垂纶（lún），侧坐莓苔草映身。
路人借问遥招手，怕得鱼惊不应（yìng）人。

一个头发蓬乱的小孩在水边学习钓鱼，只见他安静地坐在青苔上，绿绿的草儿映衬着他小小的身影。这时，有一个路人过来向他问路，他赶紧摇着小手，生怕鱼儿被吓跑而不敢回应路人。

解读

胡令能，唐代诗人。蓬头，头发蓬乱的样子，形容小孩可爱。稚子，小孩。垂纶，钓鱼。纶是钓鱼用的丝线。莓苔，指青苔。借问，即请问，用于向别人询问事情。应，回应、答应。这首《小儿垂钓》是以儿童作为诗歌主角的作品，通过描写小孩在水边认真学习钓鱼的情景，体现出了天真的童趣，是唐诗中不可多得的儿童题材佳作。

鱼钩的演变

古代鱼钩最初是由野兽的骨头磨制而成，一开始只是直钩，后来逐渐有了弯钩和倒刺。到了商周时期，我国进入青铜器时代，铜质鱼钩应运而生了。铜质鱼钩更为精巧，形状、光滑度、钩尖的做工都有了极大改进。到了汉代，铁质鱼钩定型，逐渐代替了铜质鱼钩。

爱钓鱼的诗人们

当钓鱼成为陶冶性情的休闲活动，便被赋予了文化的内涵，诗人们赋予钓鱼与世无争、归隐等情愫。在唐代诗词中，有关钓鱼的名句比比皆是。张志和的《渔歌子》可谓脍炙人口：

西塞山前白鹭飞，桃花流水鳜［guì］鱼肥。

青箬［ruò］笠，绿蓑衣，斜风细雨不须归。

杜甫在成都草堂居住的时候，用针做成鱼钩垂钓，生活颇为闲适，他在《江村》中写道：

清江一曲抱村流，长夏江村事事幽。

自去自来梁上燕，相亲相近水中鸥。

老妻画纸为棋局，稚子敲针作钓钩。

但有故人供禄米，微躯此外更何求？

柳宗元则在《江雪》一诗中塑造了一位在风雪中垂钓的渔翁形象：

千山鸟飞绝，万径人踪灭。

孤舟蓑笠翁，独钓寒江雪。

有趣的钓鱼“马屁诗”

北宋宰相丁谓善于察言观色、溜须拍马。有一次，宋真宗和大臣们一起钓鱼，大臣们钓起一条又一条，可宋真宗钓了很久都没有鱼上钩。宋真宗很扫兴，皱着眉头，闷闷不乐，一时间场面很尴尬。就在大家都不知道怎么圆场的时候，丁谓笑呵呵地跑到宋真宗跟前儿赋诗，他吟道：

莺惊凤辇［niǎn］穿花去，鱼畏龙颜上钓迟。

意思是说，宋真宗是真龙天子，鱼都被真龙吓跑了，所以不敢上钩。宋真宗听后，开心极了。

研学互动：钓鱼六物

宋代哲学家邵雍在《渔樵问答》一书中说：“钓者六物：竿也、纶也、浮也、沉也、钩也、饵也。”阐明了钓鱼需要的六种物品，请在下图找出钓鱼必需的工具，勾选出来。

第五章

斗鸡、斗蟋蟀

斗鸡和斗蟋蟀是我国古代重要的斗戏，在古代受到各个阶层人民的喜爱。斗鸡，是将两只凶猛的大公鸡放在一起，让它们互相争斗、啄咬，以此来取乐的民间活动。斗鸡的起源很早，《左传》中就记载了春秋时期鲁国的两位大夫因斗鸡引发战争的故事。斗蟋蟀，也叫斗促织、斗蛐蛐，和斗鸡类似，是将两只善斗的蟋蟀放在一起相斗的娱乐活动。据记载，斗蟋蟀始于唐玄宗天宝年间，盛于宋代。清代蒲松龄的《聊斋志异》中有一篇《促织》就是以明代皇宫里盛行斗蟋蟀为背景创作的。

古诗词中的斗鸡

观斗鸡偶作

［唐］韩　偓（wò）

何曾解报稻粱恩，金距花冠气遏（è）云。

白日枭（xiāo）鸣无意问，唯将芥（jiè）羽害同群。

这些被主人的稻谷养得很健壮的斗鸡哪里还知道报答养育之恩呀？你看它那金色的脚趾和彩色的羽冠，感觉气势都要冲上云霄了。当它听到枭鸟鸣叫的时候，不愿意过问，只是处心积虑地想和自己的同类争斗。

解读

韩偓，晚唐诗人，是著名诗人李商隐的外甥。李商隐曾夸赞韩偓，写诗道：

桐花万里丹山路，雏凤清于老凤声。

这首《观斗鸡偶作》表面上在说斗鸡是同类相残，实际在影射唐代末年军阀割据的乱象。割据一方的藩镇军阀不思抵御外敌，只是一门心思对内争权夺利。韩偓身处晚唐时代，借斗鸡形象地表达了自己对军阀割据的憎恨和谴责。

诗人趣闻：斗鸡害惨了诗人王勃

唐代斗鸡开始盛行，皇宫贵族、达官贵人之间经常玩斗鸡。当时初唐诗人王勃在沛王李贤手下工作，有一次，沛王李贤和英王李显斗鸡，年轻的才子王勃为了给沛王李贤助阵，便大笔一挥写了一篇《檄［xí］英王鸡》。檄是声讨的意思，相当于王勃通过文章讨伐英王李显的斗鸡，为沛王李贤的斗鸡加油。可一时兴起的王勃没有想到，这篇檄文会给自己带来大麻烦。

唐高宗看到这篇《檄英王鸡》后，非常生气，觉得自己的两个儿子在大庭广众下斗鸡已经有失皇家体面了，王勃这家伙不知道劝阻，居然还煽风点火，写文章添乱。于是，唐高宗下令革去了王勃的官职，将他赶出了沛王府。王勃的大好前程因为一场斗鸡和一篇檄文而断送了。

古诗词中的斗蟋蟀

夜书所见

［宋］叶绍翁

萧萧梧叶送寒声，江上秋风动客情。
知有儿童挑促织，夜深篱落一灯明。

萧瑟的秋风吹动梧桐叶，远在他乡的我感觉到了一阵阵寒意。江上的风啊，将我的思念带回家乡去吧。我向远处望着，只见远处人家的篱笆下一点灯火，那一定是孩子们在捉蟋蟀呢。

解读

客情，游子思乡之情。促织，蟋蟀，也叫蛐蛐。篱落，篱笆。这首《夜书所见》是诗人客居外地时，见到儿童夜晚捉蟋蟀所写。儿童捉蟋蟀的开心和诗人思乡的愁绪形成对比，读来让人印象深刻。

[宋] 苏汉臣《婴戏图》(局部)

研学互动：神气的大公鸡

下图中有只神气的大公鸡，请你为它涂上你喜欢的颜色，让它看起来更加神采奕奕。

第六章

蹴鞠

蹴鞠［cù jū］，又名“蹋鞠”“蹴球”。“蹴”是用脚踢的意思，“鞠”是皮质的球。蹴鞠与足球类似，被称为“古代足球”。蹴鞠始于战国时期，《史记》中就记载了在齐国都城临淄蹴鞠的情景：“临淄甚富而实，其民无不吹竽鼓瑟，弹琴击筑，斗鸡走狗，六博蹋鞠者。”这是我国古籍中，最早的关于古代蹴鞠运动较为具体可信的记载。

古诗词中的蹴鞠

寒食后北楼作

［唐］韦应物

园林过新节，风花乱高阁。
遥闻击鼓声，蹴鞠军中乐。

我在园林中度过这寒食节，春风略带寒意，将春花吹乱。我站在北楼的高台上听到了远处传来击鼓声，那是军营中在举行蹴鞠比赛。

解读

韦应物，中唐诗人。他这首《寒食后北楼作》向我们透露了唐代军营中举行蹴鞠比赛的情形。其实，早在战国时期，诸侯国之间的军事战争频频发生，齐国便要求百姓在耕作之外参加军事训练，这就是“寓兵于农”的政策。而蹴鞠既可以锻炼士兵的体质，又有娱乐性，因而在军队中得到了推广。

古代明星运动：蹴鞠

如果说唐诗宋词是当时文化最耀眼的代表，那么，蹴鞠则是竞技娱乐的代表。唐宋时期是蹴鞠发展的鼎盛时期，此时不仅有少到两三人的蹴鞠表演，还有多到百余人的蹴鞠比赛。上到帝王贵族，下到平民百姓，都对蹴鞠有着极大热情。唐代宫廷中经常出现“球不离足，足不离球”的情景，并且出现了具有表演性质的女子蹴鞠。宋太祖赵匡胤喜欢在宫中和近臣们蹴鞠，胡奎《题赵太祖蹴鞠图》就写道：

一气洪蒙运化钧，乾旋坤转不停轮。

等闲蹴起东方日，却是当年大耳人。

宋徽宗赵佶也是蹴鞠的发烧友，经常招呼臣子到宫中蹴鞠，他在《宫词》中写道：

韶光婉媚属清明，敞宴斯辰到穆清。

近密被宣争蹴鞠，两朋庭际角输赢。

皇家如此，百姓家更是如此，陆游在《春晚感事》中描写了人们在寒食节这天举办的蹴鞠比赛：

寒食梁州十万家，秋千蹴鞠尚豪华。

［明］商喜《明宣宗行乐图》（局部）

蹴鞠的两种主要形式

汉代是蹴鞠发展史上的第一个高潮。当时的蹴鞠主要有两种形式：一种是作为军事中训练士兵的手段；另一种则是以娱乐表演为目的。

作为军事训练的蹴鞠和今天的足球运动很相似，具有很强的对抗性和竞技性，要求士兵既能快速奔跑，又要有对抗推摔的能力，对个人体能、团队合作都有很大提高。蹴鞠竞赛有专门的场地称为“鞠城”，圆形的鞠、方形的场地，象征着天圆地方，仿效一年 12 个月，12 人对阵抗衡，反映了汉代“天人合一，效法自然”的观念。比赛有统一规则，有裁判主持，还特别强调裁判要公正执法，可见当时的蹴鞠已经具备了竞技运动的雏形。

作为娱乐表演的蹴鞠主要表现为有音乐伴奏的蹴鞠乐舞，表演者用技巧在音乐伴奏下踢出各种花样，属于汉代“百戏”范畴。蹴鞠与音乐、舞蹈的结合也孕育出独特的精神气质。在汉画像石中，我们常常能看到乐舞蹴鞠，优美潇洒，显示出汉代尚武崇文的非凡气度。

唐代蹴鞠

鞠的演变

鞠最早是皮革中塞满毛发的实心球。到了唐代，鞠的制作工艺有了重大改进，出现了充气空心球。这种皮制的空心圆鞠不但结实、轻巧，而且富有弹性，可以说是中国体育史上一个了不起的发明创造，使蹴鞠的技术和规则出现了根本性变化，令其成为一项既娱乐健身又方便推广的体育活动，深受宫廷和民间的喜爱。

到了宋代，鞠的制作工艺更加精细、严格。蹴鞠的球壳已从8片皮的缝制形式发展为10片或12片牛皮，缝制后充气而成，还出现了许多专门制作鞠的手工业作坊，出售各种品牌的商品鞠，足见蹴鞠发展之盛。

《水浒传》中的蹴鞠高手

在小说《水浒传》中宋徽宗赵佶的宠臣高俅就是一位蹴鞠高手，连他的名字都和蹴鞠有关：

且说东京开封府汴梁宣武军，一个浮浪破落户子弟，姓高，排行第二，自小不成家业，只好刺枪使棒，最是踢得好脚气毬（球）。京师人口顺，不叫高二，却都叫他做高毬（球）。后来发迹，便将气球那字去了“毛傍”，添作“立人”，改作姓高名俅。

高俅得到宋徽宗的赏识也是因为他善于蹴鞠：

那端王且不理玉玩器下落，却先问高俅道：“你原来会踢气球？你唤做甚么？”高俅叉手跪覆（复）道：“小的叫高俅，胡踢得几脚。”

端王道："好！你便下场来踢一回耍。"

高俅拜道："小的是何等样人，敢与恩王下脚。"

端王道："这是'齐云社'，名为'天下圆'，但踢何伤。"

高俅再拜道："怎敢。"

三回五次告辞，端王定要他，高俅只得叩头谢罪，解膝下场。

才踢几脚，端王喝采（彩），高俅只得把平生本事都使出来，奉承端王，那身分（份）模样，这气球一似鳔胶黏在身上的。端王大喜，那（哪）里肯放高俅回府去，就留在宫中过了一夜。次日，排个筵会，专请王都尉宫中赴宴。

打马球

古代除了用脚踢的蹴鞠之外，还有一种骑在马上的运动，叫作打马球，也叫"击鞠""击球"。这是一种人骑在马上用长柄球杖击球的竞技游戏，主要流行于古代宫廷、贵族及军营中。

研学互动：足球为什么是这样的？

我们现在的足球一般由 32 片皮组成，12 片五边形是黑色的，20 片六边形是白色的。思考一下，为什么足球由五边形和六边形的皮组成？

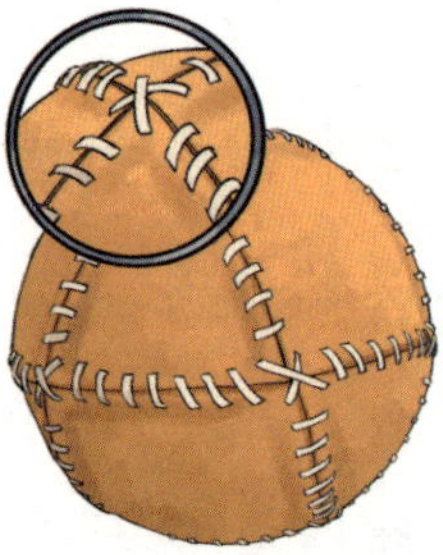

第七章

荡秋千

荡秋千，是我们喜闻乐见的休闲运动，在公园里常常可以见到它的身影。秋千是将长绳系在架子上，绳子加上踏板，人随着踏板来回摆动。别觉得荡秋千平平无奇，它的历史可不短呢！秋千，起源于古代北方少数民族，最初形式是游牧民族进行军事训练的一根皮革绳子。后来，秋千传到中原地区。汉代的时候，秋千由一根绳子演变成了两根绳子加踏板的形式，一直保留到现在。

古诗词中的秋千

春宵

［宋］苏 轼

春宵一刻值千金，花有清香月有阴。
歌管楼台声细细，秋千院落夜沉沉。

春天的夜晚很短暂，却也因为短暂而格外珍贵。此时，春花散发着幽幽的清香，月亮升起来了，朦朦胧胧的，真让人怜爱。一阵阵歌乐声从楼台深处传来，应该是宴会还没有结束。夜深了，庭院中的秋千静静地停在那里，仿佛也在享受这一刻的宁静。

解读

苏轼的这首诗意境清新，生动地描写出了春日夜晚迷人的花香、月色，随着远处传来的幽幽细吟的歌乐声，向我们展示了人们为了享受春宵，尽情歌唱享乐的娱乐图景。尤其是诗的前两句，告诉人们要珍惜美好光阴，其中“春宵一刻值千金”既通俗易懂，又深沉含蓄，耐人寻味，成为千古传诵的名句。

秋千的古体字蕴含着它的起源密码

秋千，俗称“悠千”。古时候，秋千写作“鞦韆［qiū qiān］”，二字都是革字旁，“韆”字还带有“走”字，意思是揪着皮绳走。相传在远古的时候，人们为了生存需要不断迁徙，遇到山涧沟坎的时候，就需要借助藤条或者绳索悠荡过去，在这样的悠荡过程中人们感受到了一种腾飞的愉悦，后来才逐渐发展出秋千。

属于女孩们的游戏

［清］焦秉贞《秋千闲戏图》（局部）

在我国古代社会，女性要遵从“大门不出、二门不迈”的礼数，所以秋千这种适合狭小空间的活动非常适合女性。荡秋千时，感觉身体轻盈飘逸，成为女孩子最喜爱的娱乐活动之一。荡秋千时，人在空中荡来荡去，像仙人一样。唐玄宗称呼荡秋千的人为“半仙”，荡秋千也被他称作“半仙之戏”。唐代诗人王建在《秋千词》中就描绘了人们荡秋千的飘逸身姿：

长长丝绳紫复碧，袅袅横枝高百尺。

少年儿女重秋千，盘巾结带分两边。

身轻裙薄易生力，双手向空如鸟翼。

另外，久居深宅大院的女孩可以借助荡秋千看到高墙外的情景。欧阳修在《浣溪沙》中写道：

堤上游人逐画船，拍堤春水四垂天。绿杨楼外出秋千。

苏轼的《蝶恋花·春景》中则写：

墙里秋千墙外道，墙外行人，墙里佳人笑。笑渐不闻声渐悄，多情却被无情恼。

惊险刺激的“水秋千”

古代荡秋千的形式也是多种多样，宋代的时候出现了一种“水秋千”。水秋千架在高大的船上，表演者蹬

在秋千上高低摇摆。随着摆动的幅度越来越大，当秋千荡到几乎与横梁齐平的时候，表演者会忽然一个筋斗跳入水中，非常惊险刺激，颇受观众的喜爱。

研学互动：动手做一个小秋千

我们一起用牙签做一个手工秋千吧！

需要准备的材料有：10 根牙签、固体胶、线、一块塑料泡沫和剪刀。

第一步：把 2 根牙签交叉，插在塑料泡沫上，交叉点用固体胶固定；间隔不到一个牙签的距离，再交叉另外两根牙签，插在塑料泡沫上，交叉点粘好。

第二步：在两个交叉点上架 1 根牙签，用固体胶把这根牙签与 4 根交叉的牙签粘好，到此秋千架就做好了。

第三步：取剩下的 5 根牙签，用剪刀把尖剪去，每根从中间一分为二，变成 10 小根。每 5 根用固体胶粘成一排，两排如图所示粘在一起，形成一个钝角，作为秋千椅。

第四步：将线分成等长的四段。

第五步：每段线挂在秋千椅最边缘牙签的里侧一点，作为秋千绳。

第六步：把线绑在秋千架上，秋千两侧的绳子调整成一样的长度后剪去多余的线头。

这样，一个简易的秋千就做好啦！

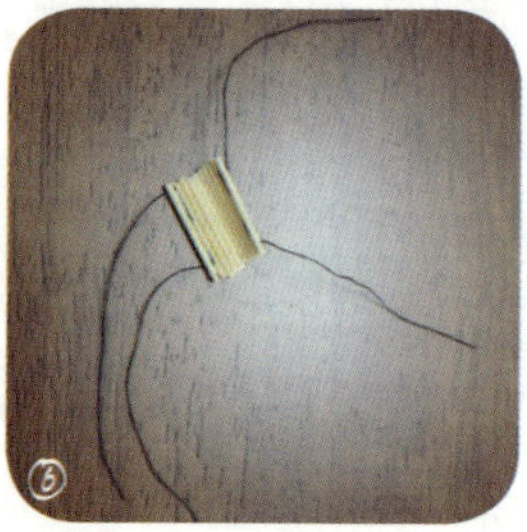

第八章

下棋

下棋，是一种博弈，它不同于篮球、足球、击剑、摔跤这些运动，是一种“靠智不靠力“的游戏。棋文化是我国古人智慧的结晶，其中最具代表性的是围棋和象棋。下棋不仅可以娱乐身心，还可以磨炼意志，陶冶情操，是一种非常好的益智类游戏。

古诗词中的下棋

约客

［宋］赵师秀

黄梅时节家家雨，青草池塘处处蛙。
有约不来过夜半，闲敲棋子落灯花。

在梅子成熟的雨季，家家户户都被烟雨笼罩着。池塘里长满了青草，里面传来阵阵蛙声。我约好了朋友来下棋，可时间已经过了半夜，他还没有来。我只好无聊地敲着棋子，一不留神将油灯燃尽的灯芯震落了。

解读

赵师秀，南宋诗人。黄梅时节，指农历四五月间，江南梅子黄了、熟了，大都是阴雨连绵的时候，称为“梅雨季节”，又称“黄梅时节”。家家雨，家家户户都赶上下雨，指到处都在下雨。处处蛙，到处都是青蛙叫声。有约，邀约友人。灯花，灯芯燃烧时结成的花状物或爆发出的火花。这首诗寓情于景，表达出诗人在焦急等待中的那种无聊心情。

围棋的黑白世界

围棋起源于我国，被认为是世界上最复杂的棋盘游戏。古代称围棋为“弈”，“对弈”就是指下围棋。人们常说的我国古代四大艺术琴棋书画中的“棋”就是指围棋。隋唐的时候，围棋经朝鲜传入日本，后来流传到欧美各国。围棋使用方形格状棋盘，用黑白两种颜色的圆形棋子。棋盘上有纵横各 19 条直线，将棋盘分成 361 个交叉点。下棋时，将棋子置于交叉点上，双方交替行棋，落子后不能移动，以围地多者为胜。

［明］仇英《汉宫春晓图》（局部）

象棋的楚河汉界

象棋至今已经有几千年的历史。关于它的起源说法很多，有的说起源于神农时代，有的说起源于春秋战国，还有的说是韩信发明了象棋。中国象棋使用方形格状棋盘，中间横贯着一条“大河”，被称为“楚河汉界”。圆形棋子共有32个，红黑二色各有16个棋子，棋子于网格交叉点上摆放和移动。双方依据规则交替行棋，先把对方的将（帅）“将死”的一方获胜。

烂柯人的传说

柯是斧子柄的意思。相传在西晋时有个农民叫王质。有一次他上山打柴，看到了一个洞口，村里流传这个洞口里面有神仙，王质很好奇，心想不如进去一探究竟。

于是，王质便朝洞里走去，洞口很小，他刚进洞的时候什么都看不见，又往前走了一会儿，感觉洞顶好像透进来光线了，只见两个小孩正在下围棋。王质平常很喜欢下棋，一下子就被两个小孩精湛的棋艺给吸引住了。两个小孩看到王质进来也不理会，仍旧下棋。他们一边下棋一边吃枣，还顺手把枣递给王质吃，王质吃了枣之后觉得不饿了，继续看下棋。看完一局棋后，小孩对王质说：“你也该回家了。”

王质俯身去拾斧子，想不到斧柄已经烂朽，只剩下斧头了。王质觉得很奇怪，等他回到村里，发现村里一个认识的人都没有了，向村里人询问起自己的父母，才知道他们已经死去一百多年了。从此，后人就把这座山叫“烂柯山”。

唐代诗人刘禹锡在《酬乐天扬州初逢席上见赠》诗中便引用了这个故事，他写道：

巴山楚水凄凉地，二十三年弃置身。
怀旧空吟闻笛赋，到乡翻似烂柯人。
沉舟侧畔千帆过，病树前头万木春。
今日听君歌一曲，暂凭杯酒长精神。

研学互动：有趣的五子棋

五子棋的棋子和围棋是通用的，也属于传统棋种。双方分别使用黑白两色的棋子，下在棋盘直线与横线的交叉点上，先形成五子连珠者获胜。

下面是一个棋盘，你可以和朋友分别用不同颜色的笔来画棋子，看谁能先连成颜色相同的 5 个棋子。

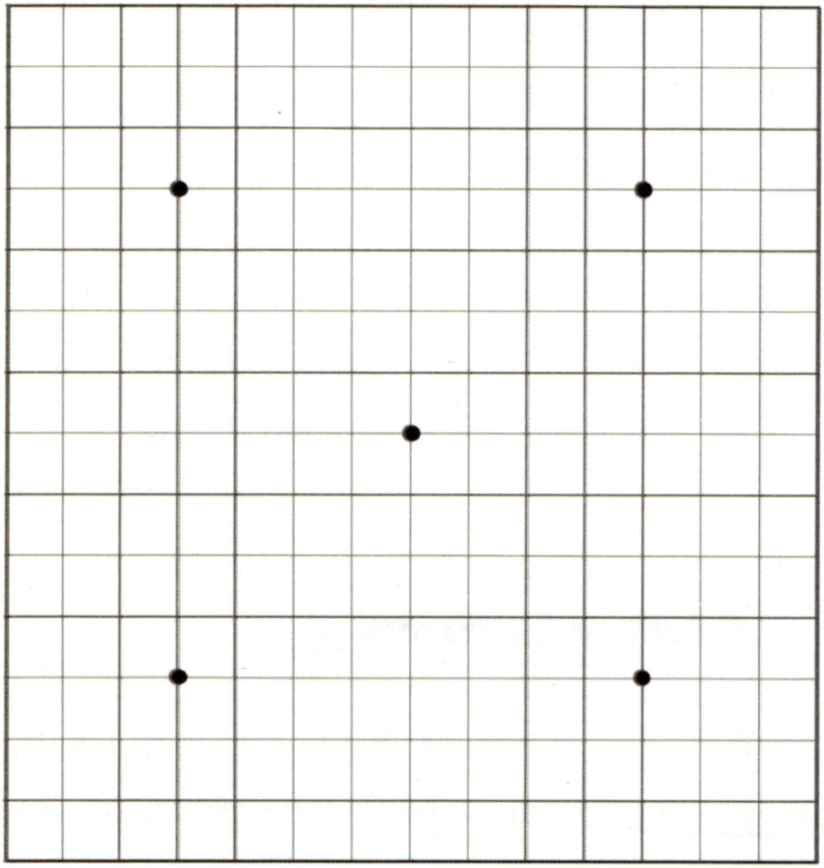

第九章

摔跤

摔跤是我国古代出现较早的一项体育运动，它的形式是两个人徒手搏斗，通过各种技巧摔倒对手。最初的摔跤运动称为“角抵”“角力”“相扑”，仅从名称上，我们便不难看出其带有强烈的争斗性质。比如角抵，在原始社会时代就已出现。顾名思义，角抵有点像是动物之间的争斗一样。相传蚩尤作为部落首领，头上装有两支兽角，作战勇猛，常以角抵人，到了西汉时还创造了“蚩尤戏”。

古诗词中的相扑

看相扑

［宋］释道冲

拳来踢去疾如飞，毕竟输赢是阿谁。

闹里有人能著眼，未曾交辊(gǔn)已先知。

两个人在比赛相扑，你一拳我一脚动作非常快，旁人看不出到底是谁输谁赢。在这闹哄哄的比赛中，有人却能够通过细心观察和巧妙判断，在双方没有交手的时候就猜出比赛结果。

解读

释道冲，南宋僧人，因为科举考试失败，便出家为僧。著眼，观察。交辊，指相扑双方交手。这首《看相扑》是释道冲观看相扑比赛后所作，他在诗中没有刻意描写相扑，而是描写旁人对相扑选手的观察和判断，

［清］郎世宁《塞宴四事图》（局部）

猜出比赛结果，赞扬其善于通过表面现象发现事情本质的明智。

起源于唐朝的相扑

相扑这个名字大家想必并不陌生，这是流行于日本的一项体育运动。两位体型硕大的运动员在限定场地内以使对方无力反抗为目的进行搏斗。它的前身是角抵。唐朝的时候，元宵节和中元节时都要举行相扑比赛，往往还有女子参加。唐朝末年，朝廷还专门开设了官办的“相扑棚”，在民间广泛收罗和训练相扑能手。当时，相扑表演已经是酒宴庆典、招待来宾时的一项不可缺少的内容，而且经常作为压轴戏，把气氛推向高潮。也是在这一时期，相扑运动由我国传到了日本，并在 20 世纪初被定为日本的国技。至今，日本相扑的装束，仍有汉唐遗风。

现代相扑比赛服饰很简单，上身裸露，只在腰间系兜裆布。运动员在比赛时可以互相抓腰带，握抱头颈、躯干和四肢，可以用腿使绊，可以拍打对方胸部，但不许踢对方胸腹，不许伤害对方眼睛等要害处，不许用拳头打人或使用反关节动作。比赛时，能使对方身体任何一部分着地（除两脚掌外）即为胜利，能使对方身体任何部分（包括手、脚）触及界外地面也为胜利。

清朝的布库

清朝时期，因为执政者本身的热爱和军事训练的需要，摔跤运动很受重视。清人称摔跤为“善扑”，满语叫作“布库”。这个时候摔跤已经有了完备的规则，不再是拳打脚踢。康熙擒鳌拜，就是得力于身边擅长摔

跤的卫士。之后，清朝还组建了善于摔跤的“善扑营”。《北京竹枝词》中专门有一首称赞善扑营的诗：

布靴宽袖夜方归，善扑营中个个肥。

燕颔虎头当自笑，但能相搏不能飞。

蒙古族的摔跤

蒙古族摔跤有独特的服装、规则。蒙古族摔跤手要身穿专业的服装“昭德格”。“昭德格”由坎肩、江嘎、套裤、马靴四部分组成。坎肩，由牛皮、鹿皮等制作而成，肩上镶有银质或铜质的泡钉。江嘎，由多种颜色的绸缎长条制作而成，这种彩色布条是摔跤手在比赛中获得过奖项的标志。套裤，宽松多褶，绣有各种吉祥图案。

在比赛开始前，要由蒙古族歌手演唱蒙古长调《摔跤手歌》，为摔跤比赛助兴。然后，摔跤手才挥舞着手臂、跳着鹰舞入场，按照顺时针的方向绕着场地旋转一圈。当裁判发令后，双方互相行礼，然后正式开始比赛。在摔跤的过程中，摔跤手可以使用捉、拉、扯、推、压等动作，但是不能抱腿、打脸，以及背后攻击等。

第十章

观灯

农历正月十五是我国一个重要的节日，在古代这一天被称为“上元”。这一天的夜晚被称为“元夜”“元夕”或者“元宵”，元宵这个名称一直沿用到现在。由于元宵节有张灯、观灯的习惯，所以民间也把元宵节称作“灯节”。元宵节观灯对于古代百姓来说是一年中最重要的活动之一，看花灯、猜灯谜，极大地丰富了人们的娱乐生活。

古诗词中的观灯

生查(zhā)子·元夕

［宋］欧阳修

去年元夜时，花市灯如昼。月上柳梢头，人约黄昏后。

今年元夜时，月与灯依旧。不见去年人，泪湿春衫袖。

去年正月十五元宵节，花市灯光将夜晚照得像白天一样明亮。月亮升起在柳树梢头，你我相约黄昏后。

今年正月十五元宵节，灯光如同去年，月光也如同去年，可我再也见不到你，想到这些，我的眼泪忍不住地流下来，湿透了衣裳。

解读

生查子，词牌名。欧阳修，北宋政治家、文学家，他领导了北宋诗文革新运动，开创了一代文风。欧阳修与韩愈、柳宗元、苏轼、苏洵、苏辙、王安石、曾巩合称“唐宋八大家”。这首欧阳修的《生查子·元夕》，有人认为是欧阳修怀念他的妻子所作。这首词以热闹的元宵节为背景，上片写去年元宵节时的约会，下片写“不见去年人”的相思之苦。

古代的情人节

古代实行宵禁，即晚上不准外出走动，但元宵节除外。以唐代为例，通常元宵节及前后各一天共三天是法定假日，政府停止办公，暂停宵禁，都市百姓可以尽情游乐。唐代诗人苏味道在《正月十五夜》中就描写了这一盛况：

火树银花合，星桥铁锁开。
暗尘随马去，明月逐人来。
游伎皆秾李，行歌尽落梅。
金吾不禁夜，玉漏莫相催。

[明]佚名《明宪宗元宵行乐图》(局部)

金吾不禁夜，意思是禁卫军特许通宵欢庆。平日不能出门的妇女也可以名正言顺地出来夜游观灯。很多青年男女平常无法接近，在这样的日子里，就可以抓住这个机会密约幽会，谈情说爱了。

元宵节观灯的由来

元宵节观灯习俗的由来，大致有以下几种说法。

说法一：始于东汉明帝时期。明帝提倡佛教，听说佛教有正月十五日僧人观佛舍利、点灯敬佛的做法，就命令这一天夜晚在皇宫和寺庙里点灯敬佛，令士族庶民都挂灯。此后这种佛教礼仪节日逐渐形成民间盛大的节日。

说法二：源于道教的“三元说”。正月十五为上元节，七月十五为中元节，十月十五为下元节。主管上、中、下三元的分别为天、地、人三官，天官喜乐，故上元节要燃灯。

说法三：汉文帝时为纪念“平吕”而设。汉高祖刘邦死后，吕后逐步独揽大权。朝中老臣、刘氏宗亲深感愤慨，但都敢怒不敢言。吕后病死后，吕后的亲信在上将军吕禄家中密谋作乱，以便夺取江山。齐王刘襄［xiāng］为保刘氏江山，起兵讨伐诸吕，最终平定“诸吕之乱”。平乱之后，刘邦的二儿子刘恒登基，称汉文帝。汉文帝深感太平盛世来之不易，便把平息“诸吕之乱”的正月十五，定为与民同乐的节日。此后每到这天，家家张灯结彩，普天同庆。

研学互动：猜灯谜

灯谜最早是由谜语发展来的，后来在元宵节到来的时候，人们将谜语写在花灯上，供猜测助兴。猜灯谜可以锻炼思维，启发灵感，是一种益智的娱乐活动。元宵佳节，各地都会举办猜灯谜活动，这个习俗一直流传到现在，咱们也来猜几个灯谜吧！

五句话
（打一成语）
小货郎，不挑担，背着针，满处窜。
（打一动物）
笑死人
（打一成语）
不是点心不是糖，软软凉凉嘴里藏，不能吃来不能喝，每天也要尝一尝。
（打一日常用品）
加减乘除少一点
（打一字）

第十一章

赛龙舟

农历五月初五是我国传统节日端午节，一提到端午节，我们首先想到的是美味的粽子。其实这个节日还盛行一项非常古老的运动——赛龙舟。看！人们在充满节奏的鼓声中，整齐地划着船桨，龙舟逆水而上，飞溅的水花为节日增添了别样的色彩。赛龙舟体现了龙的传人拼搏进取的精神。2011 年 5 月 23 日，赛龙舟经国务院批准列入第三批国家级非物质文化遗产名录。

古诗词中的赛龙舟

端午竞渡棹（zhào）歌

[宋] 黄公绍

看龙舟，看龙舟，两堤未斗水悠悠。
一片笙歌催闹晚，忽然鼓棹起中流。

来看赛龙舟啦，来看赛龙舟啦！比赛还没开始，龙舟在水中蓄势待发，堤岸上已经挤满了观看的人，碧水悠悠，人头攒动。在一片笙歌的催促下，忽然听到鼓声，而那龙舟已经在水中飞驰起来！

解读

黄公绍，宋末元初人。他写了名为《端午竞渡棹歌》的组诗共 10 首，这里选的是其中的一首。棹，桨。诗歌用生动的语言描写了龙舟比赛时的场景，我们从诗中可以看出人们观看赛龙舟的喜悦。正如他在另一首《竞渡棹歌》中写的那样：

好是年年三二月，湖边日日看划船。

真希望每天都在湖边看赛龙舟啊！

最原始的龙舟

早在 7000 年前，远古先民已把独木挖成木舟，并加上木桨划舟。我国目前已知的最早的“龙舟竞渡”图形，发现于浙江宁波市鄞 [yín] 州区云龙镇甲村。龙舟最初是雕刻了龙形的独木舟，后来发展为木板制作的龙形船。春秋之前，长江中下游及以南一带崇拜龙图腾的一些部族，会在特定的日子以龙舟竞渡的形式举行部落图腾祭祀，这是赛龙舟最初的样子。

赛龙舟的演变

龙舟竞渡作为一项水上运动，经历了功利型、纪念型和竞技型三种基本形态。

功利型的龙舟竞渡，是指最初的龙舟竞渡，从时间上讲，大致在先秦。原始时期的先民，在水上捕捞、渡水劳动，特别是在水患中的逃命、救人和水上争斗中，争相竞渡。

纪念型的龙舟竞渡，形成于汉魏六朝，延续至今，这个时期的龙舟竞渡是为了纪念屈原。屈原是战国时期著名的爱国诗人，遭奸臣的排挤被楚王流放。楚国都城被攻占后，屈原悲愤交加，投汨［mì］罗江自溺身亡。当地百姓非常敬重屈原，都划着小船在江面上寻找，可他们从汨罗江一直划了数百里，却始终没有找到。大家担心江里的鱼会咬食屈原的尸体，于是纷纷回家拿来米团投入江中，喂给鱼吃。此后，每年五月初五，人们都会包粽子、赛龙舟来纪念他。

竞技型龙舟竞渡，形成于 20 世纪 70 年代至 90 年代，此后，龙舟竞赛成为现代体育项目，热潮席卷全球 30 多个国家。在国际上，龙舟运动基本上是一种竞技型的体育项目。

拓展阅读：隋炀帝的豪华大龙舟

隋炀［yáng］帝是隋朝的第二个皇帝，他在位期间生活非常奢侈。因为喜欢乘舟旅游，就让人建造了各种豪华大龙舟，组建了龙舟船队。隋炀帝乘坐的龙舟有多豪华呢？大龙舟一共四层，远远看去像一座楼一样。大龙舟高 13 米，长将近 60 米，称得上水上巨无霸。龙舟不仅高大，配置也非常讲究。上层有正殿、内殿、东西朝堂。中间二层有 120 个房间。下层是内侍居住的地方。整个龙舟都涂上了漂亮的红色，装饰物是各种奇珍异宝。皇后有单独乘坐的龙舟，名字叫“翔螭［chī］”，比隋炀帝的龙舟稍微小一点，也非常豪华。船队中有高三层，称为“浮景”的水殿九艘，还有称为漾彩、朱鸟、苍螭、白虎、玄武、飞羽、青凫、凌波、五楼、道场、玄坛等各种名号的大船数千艘。百官、公主、诸王、僧侣、道士等随从人员都要按照品位分别乘坐不同的船。除此之外，还有专门装载使用物品的货船。龙舟所到之处，都要求当地的居民贡献各种美味佳肴。

第十二章

拔河

拔河，是一种非常常见的运动。它的形式很简单，两群人在一根绳子的两边进行力量的比拼。拔河运动简单易行，参赛的人数多，需要体力和耐力，更需要团结协作的精神。同时，虽然拔河需要力量，但绝不是蛮力，而是需要技巧的配合。其中掌握好节奏对于取胜至关重要，防守时要稳住，进攻时要果断。不仅要保持自己的节奏不乱，还要尽可能打乱对手的节奏。

古诗词中的拔河

奉和圣制观拔河俗戏应制

［唐］张　说（yuè）

今岁好拖钩，横街敞御楼。
长绳系日住，贯索挽河流。
斗力频催鼓，争都更上筹。
春来百种戏，天意在宜秋。

如今流行拔河，瞧！御楼前正在进行一场拔河游戏，看那长长的绳子，真有气势，仿佛能将红日系住，又仿佛能把河流挽住。在鼓声中，两方正在奋力拔拽，都想要赢得最后的胜利。在这春日里举行的各种游戏和活动，其实都是为了祈福，祈祷秋日的丰收。

解读

张说，唐朝宰相。拖钩，指拔河。在唐朝，拔河也用于祈福，祈求风调雨顺、农业丰收。长绳系日，即用长绳子系住太阳，比喻珍惜时光，这里形容拔河的气势非凡。唐玄宗李隆基喜欢拔河，不仅亲自主持拔河比赛，还举办了拔河“诗赋”的文化运动。他自己就曾写过一首《观拔河俗戏》：

壮徒恒贾[gǔ]勇，拔拒抵长河。
欲练英雄志，须明胜负多。
噪齐山岌[jí]嶪[yè]，气作水腾波。
预期年岁稔[rěn]，先此乐时和。

唐玄宗带头写了诗，让身边的大臣也要针对拔河的壮观场面赋诗，张说的这首诗便是在这种情况下作的和诗。

拔河的历史

其实，拔河在唐朝以前叫作“牵钩”、“钩强”或“拖钩”，到了唐朝才正式命名为“拔河”。拔河的历史久远，它始于距今两千多年春秋时期的楚国。楚国地处大江南北，水道纵横，除陆军外，还有一支强大的水军舟师，并曾发明一种称之为“钩拒”的兵器，专门用于水上作战。当敌人败退时，军士以钩拒将敌船钩住，使劲往后拉，使之逃脱不了。后来钩拒从军中流传至民间，演变为拔河比赛。

喜欢拔河的唐玄宗

唐玄宗作为拔河运动的爱好者和推动者，经常组织达官显贵、宫女、禁卫军和将士参加规模浩大的拔河比赛。据记载，唐玄宗曾主持一千多人的拔河比赛，那次比赛的主绳足有千尺长，两端牵系出支脉斜挂在比赛者身上，一杆长旗立在两队之间，作为定胜负的标志。比赛的时候，有人擂鼓，有人监督。拔河的人大汗淋漓，观看的人则聚精会神，人群中有将军、大臣和普通百姓，人们都被这样的场面震撼到了，全都在呐喊助威。

唐代的女子拔河

唐中宗登基后，喜欢在宫中组织宫女参加拔河比赛。此后，女子拔河流传到民间。民间的女子拔河规模也非常庞大，有时候多至两边各有三五百人，规模不亚于男子拔河。女子拔河在某种程度上也反映了唐朝女子地位之高。

研学互动：拔河小技巧

拔河是比拼力气的集体协作运动，但是也不要使蛮劲儿，有时候姿势不对还会损伤身体，下面帮你总结了一些拔河姿势及运动要点，希望能助你“一臂之力”。

1. 握绳：双手手心向上 。

2. 拉绳：绳要从腋下过 。

3. 站姿：半蹲，马步，下身要站得稳，重心尽量低，集体往后仰。

4. 拔河参与者的排序：从绳子末端到最前线，依次由重到轻排列。注意拉开距离以防踩踏。另外安排力气大点的打头阵，安排体重大点的在尾巴上。

第十三章

投壶

投壶，顾名思义，就是将箭投掷到酒壶中，它是古代士大夫宴饮时玩的一种投掷游戏，也是一种礼仪。投壶起源于春秋时期，是对西周“射礼”的简化。投壶用的酒壶是大肚长脖，为了防止投入的箭反弹出来，在壶里会装上豆子。后来，投壶走向民间，成为全民喜爱的游戏，人们以投壶论输赢，或赌物或罚酒。唐代诗人王建在《宫词》中写道：“分朋闲坐赌樱桃，收却投壶玉腕劳”，描写了宫中女子用投壶游戏赌樱桃的场景。

古诗词中的投壶

投 壶

［宋］卢 钺(yuè)

离骚课罢便投壶，长日身心得自娱。
多少论筹闲殿最，始终中节定工夫。

读完《离骚》便去玩投壶游戏了，通过游戏可以愉悦自己的身心。至于结果的输赢反而是没有那么重要了，在投壶的过程中合乎礼仪，修养心性才是最重要的。

解读

论筹，即筹码，这里指投壶游戏中的赌资。殿最，古代考核成就，下等为殿，上等为最，这里指游戏的输赢。中节，指合乎礼仪，规规矩矩。这首诗是通过投壶这种代表礼仪的游戏，说明做人也要像玩投壶一样，保持中节，不要一味在乎输赢，要做真正的君子。

卢钺，南宋诗人，代表作《雪梅二首》，其一云：

梅雪争春未肯降，骚人搁笔费评章。
梅须逊雪三分白，雪却输梅一段香。

其二云：

有梅无雪不精神，有雪无诗俗了人。
日暮诗成天又雪，与梅并作十分春。

投壶源于射礼

古时候人们在狩猎和战争中都需要用弓箭，射箭是男子必须掌握的技能之一。西周的时候，非常注重礼仪，由射箭形成“射礼”，射礼成为彰显威仪、明确等级身份的重要活动。那个时候，参加宴会前，主人就会请客人射箭，而且不能推辞。但很多人由于年老体弱不能拉弓射箭，所以在春秋时期就对射礼进行了简化，由射箭简化成了投壶。

投壶的演变

投壶虽然是对射礼的简化，但它却有自己的体系，投壶的时候，有主持人，有裁判，有斟酒的，有奏乐的。同时需要一整套的工具，主要有矢 [shǐ]、壶、筭 [suàn]、马、瑟、鼓等。矢就是投壶用的箭，春秋时期主要是柘 [zhè] 木或者棘 [jí] 木。壶，一般用酒壶。筭是一种筹码，计算投中次数用的。“马”也是一种筹码，是一种马形的木头雕刻，赢一局可获得一个马，如果三局两胜的话，获得两个马就代表了最终的胜利。瑟、鼓用于奏乐。后来，投壶的繁文缛节逐渐消失，成为一种简单的投掷游戏，这样人们就可以不受礼仪的限制，随时随地玩了。

［清］喻兰《仕女清娱图册·投壶》（局部）

欧阳修笔下的投壶

北宋文学家欧阳修，号醉翁，他在滁州做知州的时候，给琅琊山上的一个亭子取名醉翁亭。欧阳修经常和朋友来醉翁亭饮酒宴会，写下了著名的《醉翁亭记》，在这篇文章中就描写了人们在宴饮时投壶下棋的场景，文中的“射”就是指投壶：

临溪而渔，溪深而鱼肥。酿泉为酒，泉香而酒洌，山肴野蔌［sù］，杂然而前陈者，太守宴也。宴酣之乐，非丝非竹，射者中，弈者胜，觥筹交错，起坐而喧哗者，众宾欢也。苍颜白发，颓然乎其间者，太守醉也。

古代六艺

六艺是古代贵族教育体系中的六种技能，即：礼（礼节）、乐（音乐）、射（射箭）、御（驾驶马车）、书（书法）和数（数学运算）。

研学互动：投壶游戏

准备一个“壶”，可以用花瓶或者笔筒来充当，再准备几根小木棍或者筷子，试着在家玩一次简单的投壶游戏。

第十四章

曲水流觞

“曲水流觞[shāng]”是古人宴饮聚会时的一种游戏。曲水，就是弯曲的水流。觞，就是酒杯。曲水流觞中的酒杯用木头做成，又小又轻，可以漂浮在水上；也有陶制的，两边有耳，叫作“羽觞”，因为羽觞比较重，所以需要放在荷叶上。曲水流觞通常选择一处风雅清静的地方，人们按照一定的秩序分坐在水流的两侧，上游的人把盛满酒的杯子浮在水上，任其顺流漂下，杯子停在谁面前，谁就要将杯中酒喝尽。

古诗词中的曲水流觞

曲水阁

［宋］王十朋

王谢兰亭久寂寥，茂林脩（xiū）竹自萧骚。
蒋侯近代风流守，曲水流觞意亦高。

东晋时期的兰亭雅集已经过去很久了，那时候的风流人物已经不在了，只剩下茂盛的树林、高高的竹子诉说着当时的盛况。蒋太守也是一位文人雅士，他建造了曲水阁，让人们再次感受到了“曲水流觞”的魅力。

解读

王十朋，南宋诗人，爱国名臣。王谢，指王氏和谢氏两大家族。历史上著名的兰亭雅集中，王羲之和谢安便是出自这两大家族。萧骚，形容风吹树叶的声音，也指景色冷落。蒋侯，指蒋堂，北宋人，曾任太守，曲水阁是他所建。这首诗通过对曲水阁的描写，向历史上著名的兰亭雅集致敬，同时表达了对曲水阁建造者蒋太守的赞美。

古老的祓禊

相传古代先民在每年上巳节这天，都要相约亲朋到水边沐浴、洗濯［zhuó］，借以祛除上一年遗留的风邪与灾祸，这就是“祓禊［fú xì］”。西周的时候，在祓禊仪式后出现了曲水流觞的活动。

兰亭雅集：历史上最著名的"曲水流觞"

东晋永和九年的三月三日，王羲之和朋友孙绰、谢安等 40 多人为了行禊礼，聚集在会稽郡山阴城的兰亭，这就是历史上著名的兰亭雅集。人们聚在兰亭这风景秀美的地方，玩曲水流觞的游戏，还吟诗作赋。大家将这次活动写成的诗都抄录下来，起名《兰亭诗集》，并推举雅集召集人王羲之作序。王羲之泼墨挥毫，写了一篇序文，来记录这次雅集，这就是著名的《兰亭集序》，其中写道：

此地有崇山峻岭，茂林修竹，又有清流激湍，映带左右，引以为流觞曲水，列坐其次。虽无丝竹管弦之盛，一觞一咏，亦足以畅叙幽情。

影视剧中的曲水流觞

以宋代为背景的电视剧《知否知否，应是绿肥红瘦》中有一段曲水流觞宴：参加宴会的都是王公贵族的家眷，她们按照等级尊卑入席，主人坐在上位，左右两边各有一个侍女，一个负责上菜，另一个负责加水，保证桌上水槽内流水充足，这样菜便能顺流往下漂，确保每位客人都能吃到菜。宴席尾端也有侍女，负责收走漂流到尾没人吃的菜。席间配有奏乐，整个宴会既风雅又有趣。剧中还向观众呈现了我们之前介绍过的打马球、投壶等游戏，值得一观。

研学互动：有趣的飞花令

古代文人雅士在饮酒的时候，喜欢对古诗词，其中有一种玩法是轮流背出带有“花”字的诗，而且“花”字的位置也有要求，比如第一个人的诗句“花”字在一句诗的第一个字，第二个人的诗句“花”字在一句诗的第二个字，以此类推……这就是有趣的飞花令。

第一字为“花”的诗句，如：花近高楼伤客心。

第二字为“花”的诗句，如：落花时节又逢君。

第三字为“花”的诗句，如：春江花朝秋月夜。

第四字为“花”的诗句，如：人面桃花相映红。

第五字为“花”的诗句，如：不知近水花先发。

第六字为“花”的诗句，如：出门俱是看花人。

第七字为“花”的诗句，如：霜叶红于二月花。

你可以和父母或者同学玩一玩飞花令，比如每人说一句带“春”字的诗，为了降低难度，“春”字的位置不做要求，只要诗句中有这个字即可。

第十五章

益智类游戏

我国古代的能工巧匠们设计和发明了许多益智类游戏，这些游戏依靠精巧的道具，富于变化，在丰富了人们娱乐生活的同时，也启迪了智慧。在这些益智类游戏中，九连环、七巧板和华容道被称为“中国三大古典智力游戏”，深受人们的喜爱，风靡至今。

古诗词中的九连环

玉连环影·元日解九连环

［清］顾太清

连络，个个环相约。
解得开时，本自无缠缚。
系连环，解连环，一笑人间万事理皆然。

你看这九连环，环环相扣，紧紧相连。当你把九连环解开的时候，会发现这些环本来就没有纠缠在一起。将九连环系上，将九连环解开，这个不断解决问题的过程不就像人生一样吗？这世间的道理都是如此啊！

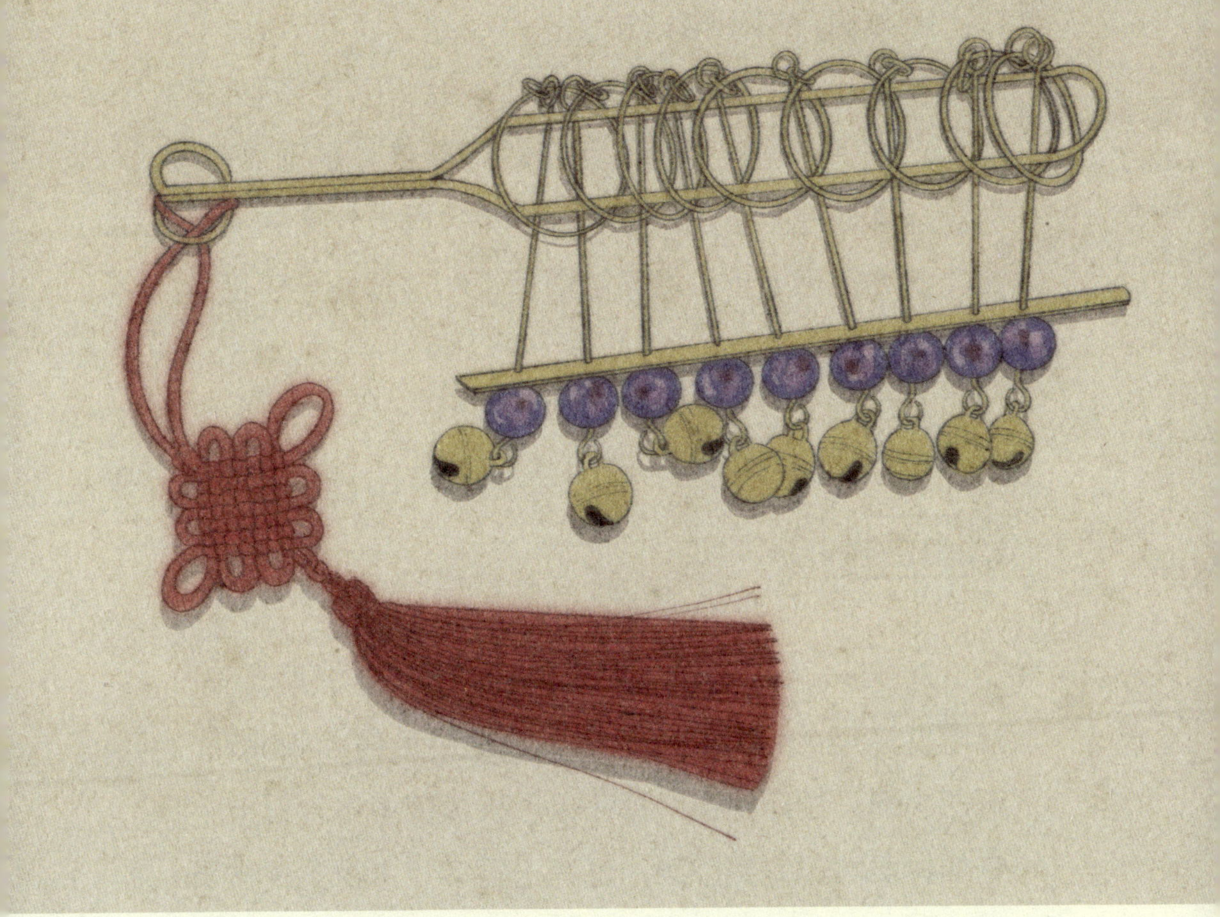

解读

顾太清，清代第一女词人，与纳兰容若齐名。她也是中国小说史上第一位女性小说家。玉连环影，词牌名。这首《玉连环影·元日解九连环》是词人在玩九连环游戏时写下的，词不仅描写了解九连环的情景，还由此感悟到人世间万事的道理都和这解九连环相似，读来给人以启发。

九连环

九连环，源于我国古代民间，早在战国时期就有了拆解九连环的记录。九连环一般使用金属丝制成九个圆形小环，九环相连，套在条形横板或者各种框架上。它的材质除了金属以外，还有玉石、竹木等多种材质。九连环的框柄有多种形状，如剑形、如意形、蝴蝶形、梅花形等。解九连环是将九个圆环与框柄依次分离，因为这个过程需要技巧和耐心，玩者需要将九个连环上下移动，一共进行 314 次才能解开，所以民间素有“拆不开的九连环”的说法。

七巧板

七巧板，也称“七巧图”，顾名思义，是由七块板组成，是我国著名的拼图玩具。因设计科学，构思巧妙，变化无穷，能活跃形象思维，特别是启发儿童智慧，所以深受欢迎。传到国外后，风行世界，号称“唐图”，意即“中国的图板”。七巧板经过唐代、元代等朝代的发展，到了清代嘉庆年间其形制成为定式，即大三角形 2 块、小三角形 2 块、中三角形和正方形、菱形各 1 块，可以合成 1 个正方形或 1 个长宽比为 2∶1 的长方形。由于这种玩具简单到可以由小孩自己用厚纸板制作，而玩起来的无穷趣味足以使成人为之着迷，所以流传极广。北京故宫博物院现存的清朝宫廷玩具中，就有一副盛放在铜盒中的七巧板。

华容道

华容道原是我国古代的一个地名，取自著名的三国故事，曹操在赤壁大战中被刘备和孙权的“火烧连营”打败，被迫退逃到华容道，又遇上诸葛亮的伏兵，关羽为了报答曹操对他的恩情，帮助曹操逃出了华容道。华容道其实是一种滑块游戏，与魔方、孔明棋一起被称为“智力世界的三个不可思议”。华容道由 10 个棋子和 1 个棋盘组成，棋子大小不一，分别代表曹操、关羽、张飞、赵云、黄忠、马超和 4 个小卒。棋盘则代表华容道一地，下方边框有出口，走华容道就是通过移动各个棋子，帮助曹操从初始位置平移到棋盘最下方中部，从出口逃走。不允许跨越棋子，还要设法用最少的步数把曹操移到出口。

研学互动：有趣的七巧板

看看下页这几个七巧板图形，看一看各像什么？然后拿出你的七巧板，来拼一拼吧！

第十六章

冰上运动

冰上运动是借助专用冰刀或其他专用器材，在天然或人工冰场上进行的运动，主要包括花样滑冰、速度滑冰、冰球等，目的在于向人们展示在冰面上高速滑行的过程、运动技巧以及相互角逐。其中，滑冰是最为常见的冰上运动形式。早在宋代，我国就有了关于滑冰运动的记载。不过，那时的冰上运动不叫滑冰，而叫作“冰嬉”。清朝的时候，随着北方寒冷地区的冰上活动进入中原，形成了一系列的冰嬉项目，将这项运动推向巅峰。

古诗词中的冰嬉

晓春瀛(yíng)台即景杂咏

［清］弘　历

液池新水嫩鹅儿，浮拍兰舟画里移。
却忆冰嬉曾几日，迅于驹隙莫如时。

春天里的太液池上有几只雏鹅游来游去，精美的小船在这如画的风景中移动。我却忽然想起冬日冰嬉的日子才过去不久，一转眼就到了万物复苏的春天，时间过得真快啊！

解读

瀛台，始建于明朝，清朝顺治、康熙年间曾两次修建，是帝王、后妃听政、避暑、居住的地方。因其四面临水，衬以亭台楼阁，像座海中仙岛，故名瀛台。弘历，清朝乾隆皇帝。驹隙，指“白驹过隙”，比喻光阴迅速。乾隆皇帝弘历的这首诗是在瀛台观赏春色时，想到了冬天冰嬉的场景，感慨光阴的流逝。乾隆皇帝非常喜欢观看冰嬉，多次命宫廷画家将太液池冰嬉的宏大场面描绘下来，以便在休闲时观摩回味。比如北京故宫博物院珍藏了一幅清代《冰嬉图》，就记录了当时的冰嬉盛况。

冰嬉的演变

冰雪运动作为季节性比较强的运动，在我国北方地区起源很早。古人在结冰的湖面上行走时，双脚会因滑动摔倒，人们从这种偶然的动作中发现了在冰上滑行既省力速度又快，于是通过不断尝试和练习，最终学会了滑冰。明朝万历年间有描写宫廷冰嬉场景的诗：

琉璃新结御河水，一片光明镜面菱。

西苑雪晴来往便，胡床稳坐快云腾。

胡床就是拖床，有点类似于冰车。到了清朝，冰嬉运动得到了大发展，清政府将冬至后第九日定为“冰嬉日”。清太祖努尔哈赤就曾训练过一支善于滑冰、装备精良的作战部队，这支队伍在战场上发挥过重要的

［清］金昆等《冰嬉图》（局部）

作用。正是因为清朝皇帝对冰嬉的重视，才出现了丰富多彩的冰嬉活动。其主要形式有冰上滑行、冰上竞赛、冰上杂戏等。冰上滑行是最基本的运动形式，它从最开始满族八旗兵操练身体技能、强健体魄变成了带有娱乐和表演性质的宫廷体育活动。每年冬至到三九时期，朝廷就要在北京太液池检阅八旗溜冰，场面非常壮观，康熙时期李声振的《百戏竹枝词》中就有描写：

捷足行看健步纷，寒流趁冻雪花春。

铁鞋踏破奔驰甚，悔作银河冰上人。

拓展阅读：故宫里的《冰嬉图》

《冰嬉图》是清朝金昆、程志道、福隆安等人绘制，绢本，设色，纵 35 厘米，横 578.8 厘米。

此图中描绘的冰嬉地点应该是金鳌玉蛛［dōng］桥（即今北海桥）之南的水面，表演的是转龙射球项目。冰场上，旗手和射手们间隔排列，盘旋曲折滑行于冰上，远望之，蜿蜒如龙形。在接近御座处，设一旌门，上悬一球，称天球。转龙队伍滑至此处时，分别射矢，中者有赏。另外在滑行队伍中还有各项杂技表演，如舞刀、叠罗汉及花样滑冰等。表演者的万千姿态让凛冽的寒冬充满生机。

轻龙射天球

研学互动：稚子弄冰

宋代诗人杨万里有一首《稚子弄冰》，描写了儿童玩冰的场景：

稚子金盆脱晓冰，彩丝穿取当银钲。

敲成玉磬穿林响，忽作玻璃碎地声。

你想不想尝试玩一次冰，做一次冰花呢？

部分参考答案

029页

按照《渔樵问答》的叙述，除了帽子和水桶不是钓鱼必需的以外，都属于钓者六物。

048页

1970年，现代足球之父埃吉尔推出了一个32块皮拼成的足球。这个足球有32个格子，由12个黑色正五边形和20个白色正六边形组成，这样的结构形成了一个正二十面体，正二十面体是较为接近球体的，因此在运动时更流畅。

080页

五句话（打一成语）：三言两语

加减乘除少一点（打一字）：坟

笑死人（打一成语）：乐极生悲

不是点心不是糖，软软凉凉嘴里藏，不能吃来不能喝，每天也要尝一尝。（打一日常用品）：牙膏

小货郎，不挑担，背着针，满处窜。（打一动物）：刺猬

诗词大有文化
名山大川

李江湖 编著　小种子童书馆 编绘

人民东方出版传媒
People's Oriental Publishing & Media
東方出版社
The Oriental Press

图书在版编目（CIP）数据

诗词大有文化. 名山大川 / 李江湖编著；小种子童书馆编绘.
—北京：东方出版社，2022.7
ISBN 978-7-5207-2780-8

Ⅰ.①诗… Ⅱ.①李… ②小… Ⅲ.①古典诗歌-诗歌欣赏-中国-青少年读物 Ⅳ.①I207.2-49

中国版本图书馆CIP数据核字（2022）第078458号

诗词大有文化：名山大川
(SHICI DA YOU WENHUA：MINGSHANDACHUAN)

策划编辑： 鲁艳芳
责任编辑： 王晶晶
出　　版： 東方出版社
发　　行： 人民东方出版传媒有限公司
社　　址： 北京市西城区北三环中路6号
邮　　编： 100120
印　　刷： 小森印刷（北京）有限公司
版　　次： 2022年7月第1版
印　　次： 2022年7月北京第1次印刷
开　　本： 710mm×1000mm　1/16
印　　张： 8.25
字　　数： 62千字
书　　号： ISBN 978-7-5207-2780-8
定　　价： 168.00元（全4册）

发行电话：（010）85924663 85924644 85924641

目录

远古的人类面对巨大的山川时，会产生一种敬畏之心。他们被山川的雄奇震撼，为山川的神秘所吸引，由于神话思维，他们会认为这些山川就是神灵的化身，体现了造物者的意志。山中草木，水中鱼鳖，都有一种神秘的力量，这种力量代表了生命的繁衍，代表了勃勃的生机。人类的祖先就在这山川之间走来，走过一个又一个春天，从愚昧走向文明。我们追寻名山大川的历史和痕迹，其实就是在回溯我们祖先曾经走过的漫长而精彩的路程。

第一章

泰山

我国有很多名山，其中“五岳”是最为人们熟知的五大名山。五岳分别是东岳泰山、西岳华山、南岳衡山、北岳恒山、中岳嵩山。其中，泰山又被誉为“五岳之首”。泰山，古称“岱山”“岱宗”，春秋时改称“泰山”，位于山东省泰安市中部，是闻名中外的游览胜地。其主峰玉皇顶海拔约 1545 米，气势磅礴，雄伟壮观。司马迁在《史记》中有句名言:“人固有一死，或重于泰山，或轻于鸿毛。”意思是说，人本来就有一死，有的人死得比泰山还重，有的人却比鸿毛还轻。司马迁以泰山之重来形容人们对崇高理想的追求，可见泰山在人们心目中的分量。

望岳

［唐］杜　甫

岱(dài)宗夫如何？齐鲁青未了。

造化钟神秀，阴阳割昏晓。

荡胸生曾云，决眦(zì)入归鸟。

会当凌绝顶，一览众山小。

高大俊秀的泰山究竟如何呢？走出齐鲁大地依然能看到它的青色。天地把神奇和秀美都聚集在它的身上，那高大的山峰阴面仿佛是黄昏，而阳面仿佛是清晨。山间的层层白云，让我的心胸激荡；我用尽力气睁大眼睛，望着那飞去山间的归鸟，相信自己有一天定会登上这泰山之顶，俯瞰脚下渺小的群山。

解读

齐鲁，春秋时期的两个诸侯国名。齐国在泰山之北，鲁国在泰山之南。齐鲁现在也指山东。钟，聚集，集中。眦，眼角。决眦，裂开眼角，形容张目极视的样子。

这首诗写于开元二十四年（公元 736 年），年轻的杜甫正在今天的河南、河北、山东等地游历。他来到泰山脚下，望着雄伟的山峦，写下了这首吟咏泰山的佳作。全诗处处写向岳而望的感受，由远及近，并由望岳而联想将来登岳。《望岳》是一首杜甫早期创作的诗歌，诗歌洋溢着青春的气息和积极乐观的态度，抒发了青年杜甫对未来的信心和远大的抱负。

孔子登泰山

《望岳》诗中的结尾“会当凌绝顶，一览众山小”，其实是杜甫化用了孔子登泰山的故事。《孟子·尽心上》里说：

孔子登东山而小鲁，登泰山而小天下。

孔子登上家乡的东山，整个鲁国尽收眼底，觉得鲁国变小了；登上泰山，天下就会一览无余，感觉天下变小了。这句话用来形容人的境界会随着站位的增高而不断提升，人的格局也会因为视野的开阔而不断拓展。

李白登泰山

唐代大诗人李白是一位资深的“驴友”，对于泰山这样的名山，他肯定不会错过。李白不仅到泰山游玩，还写下了一组五言古诗，叫作《游泰山六首》。与杜甫的诗不同，李白的游泰山诗运用了奇妙的想象和夸张的手法，表现了泰山的雄奇神秘，给我们带来了不一样的体验。

游泰山六首（其二）

清晓骑白鹿，直上天门山。

山际逢羽人，方瞳好容颜。
扪萝欲就语，却掩青云关。
遗我鸟迹书，飘然落岩间。
其字乃上古，读之了不闲。
感此三叹息，从师方未还。

天下第一山的传说

很久很久以前，在盘古生活的时代，天和地还没有分开，宇宙混沌一片。于是盘古抡起神斧将天地分

开，这就是著名的盘古开天地的神话传说。盘古死后，他的头变成了东岳，腹变成了中岳，左臂变成了南岳，右臂变成了北岳，两脚变成了西岳，他的双眼变成了太阳和月亮，他的肌肤变成了辽阔的大地，他的血液变成了奔流不息的江河。因为盘古开天辟地，造就了世界，后人尊其为人类的祖先。因为传说泰山由盘古的头变化而来，因此被称为至高无上的“天下第一山”，成了五岳之首。

泰山石刻

自古以来，中国人就崇拜泰山，有“泰山安，四海皆安”的说法。在汉族传统文化中，泰山一直有“五岳独尊”的美誉。自秦始皇封禅泰山后，历朝历代帝王不断在泰山封禅和祭祀，并且在泰山上下建庙塑神，刻石题字。古代的文人雅士更是对泰山十分仰慕，纷纷前来游历，作诗记文。泰山宏大的山体上留下了 20 余处古建筑群，2200 余处闻名天下的碑碣 [jié] 石刻。这些石刻大都文辞优美，书体高雅，制作精巧，既是记载泰山历史的重要资料，又是泰山风景的重要组成部分。

泰山石敢当

如果在城镇或农村的街道走过，我们经常可以看到摆放或者砌到墙里的石碑，在石碑上面写着五个字“泰山石敢当”。这些“泰山石敢当”有的立在房基上，有的立在桥头的道口，有的则立在胡同巷口。石敢当被尊为镇宅之宝，可以辟邪镇灾，有民谣说：“石敢

当，压灾殃，社稷盛，正义张。”那泰山石敢当是怎么来的呢？原来，在远古时候，人们有对灵石崇拜的习俗。人们认为有特殊意义的山石能够保佑平安。而泰山自古以来就被认为是“配天作镇”的，东岳庙里的东岳大帝手里所执的就是作镇之圭。所以，自先秦至今，在很多人的心中，泰山石都是国家、商家、村落、家庭的庇护石。人们深信泰山石可镇灾压殃、保佑平安。这样，石敢当与泰山联系在一起就顺理成章了。

泰山一词在生活中的使用

正是因为泰山丰富的文化内涵，我们在生活中也经常会用到“泰山”。比如称妻子的父亲为“泰山”，说明了“泰山”在家庭中的显赫地位，也说明了女婿对妻之父极大的尊重。再比如，用“泰山北斗”形容那些道德高、名望重或有卓越成就为众人所敬仰的人。

拓展阅读：泰山上的挑山工

泰山上的挑山工最早可以追溯到秦朝，而形成专门的职业大约在宋朝。到了明代，已经有挑夫行业组织出现，挑山工除了承运各类货物，还与舆夫一起为登山游客服务。著名作家冯骥才先生于 1981 年创作的散文《挑山工》先后被选入全国高中语文课本、小学语文课本。因为这篇散文的流传让泰山挑山工这一职业为人们所熟知。如今“泰山挑山工”已经成为一种时代精神符号，象征着脚踏实地、知难而进、坚韧不拔的攀登精神，激励着一代又一代人，同时也为泰山这座承载了中华民族精神的图腾赋予了新的含义。

第二章

华山

华山，也叫太华山，位于陕西华阴市南。华山以“险”著称，海拔约2100米，因其峰峦叠翠，形状像花朵一样，故此得名。华山是五岳中的“西岳”，也是五岳之中最为高峻的一座。华山距西安市120千米，南接秦岭，北瞰黄河渭河，扼守着长安关中地区进出中原的门户，素有“奇险天下第一山”的说法。

咏华山

［北宋］寇　准

只有天在上，更无山与齐。
举头红日近，回首白云低。

高大险峻的华山，直冲云霄。放眼望去，没有任何一座山峰能与它齐平，只有蓝天在它之上。站在华山顶上，抬头看去，红色的太阳距离我们是那么近；回头凝视，感觉在峰峦间流动的白云很低很低。

解读

寇准，北宋名臣、诗人。这首诗是寇准小时候所写，描写了华山的高大险峻，人立在华山之巅，感受着群峰白云在脚下的感觉，颇有气象。同时，寇准小小年纪便以华山作喻，比拟人生的境界，展现了他远大的抱负。

华山的构成

华山由一块完整硕大的花岗岩岩体构成，它的历史可以追溯到一亿两千万年前，是中华民族的发祥地之一。清代学者章太炎考证说：“中华、华夏，皆藉华山而得名。”华山因此被誉为“华夏之根”。

华山的主峰

华山有五座主峰，呈虎踞龙盘之势。东峰名为“朝阳”，南峰名为“落雁”，西峰名为“莲花”，北峰名为“云台”，中峰名为“玉女”。其中，东、南、西三峰被人们称作“天外三峰”。南峰是华山的最高峰，海拔2154.9米，古人尊它是“华山元首”。南峰最险要的地方是“长空栈道”，栈道上下都是绝壁，在绝壁上刻成石道。栈道分上下两段，上段悬空垂直，下段依崖而设，是华山的第一险道。北峰虽不算高，却占据着重要位置。1949年华阴解放前夕，国民党残余部队逃上华山。中国人民解放军在华阴群众的帮助下，打破“华山自古一条路”的传说，从黄甫峪攀上北峰，奇袭残匪，创造了神兵飞越天堑、英雄智取华山的奇迹。电影《智取华山》生动地再现了这一幕。如今，在北峰建有“军魂亭”，立有解放华山纪念碑。

拓展阅读：赵匡胤下棋输华山

华山是我国道教主流全真派圣地，关于它流传着许多有趣的故事。从前，在陕西境内有一个道士叫陈抟，人称陈抟老祖。传说陈抟老祖早年骑着毛驴从华阴道上经过，望见一个人挑着担筐，筐里盘着两条龙。他再仔细一看，筐里原来是两个孩子。陈抟老祖笑了笑，说道：“从此天下就定了！”这两个孩子一个是后来的宋太祖赵匡胤，另一个是赵匡胤的弟弟宋太宗赵光义。

赵匡胤长大后，因为在家乡打死了人，便逃到华阴县。陈抟老祖为了点化他，假扮成一个卖桃子的老人。正当赵匡胤饥渴难耐的时候，他远远望见了有个卖桃的老人，便急急忙忙跑过去，不管三七二十一吃起了桃子。可当赵匡胤吃完后，他摸遍全身也没能找出一文钱付给老人。老人并没有为难赵匡胤，而是鼓励他去潼关投军。后来赵匡胤投了军并受到了周世宗的赏识，统率御林军。他想要感谢当年帮助他的卖桃老人，便决心去华阴寻找。

这次，赵匡胤没有找到卖桃老人，而是见到了等他的陈抟老祖。陈抟老祖同赵匡胤下棋，几次都赢了他。赵匡胤的银两、马匹都输光了。陈抟老祖便问他还可以赌什么？赵匡胤随口说用华山作为赌注，陈抟老祖答应了，便让他立下文约。赵匡胤心想华山本来就不是他的，输了也没有什么实质性的损失，就找来笔墨纸砚，立约为据。最终，赵匡胤将华山输给了陈抟老祖。再后来，赵匡胤陈桥兵变，黄袍加身，开创了宋朝基业。因为当初赵匡胤把华山输给了陈抟老祖，所以就有了“自古华山不纳粮，皇帝老子管不住”的说法。

第三章

祁连山

在我国西部，有一段连绵高大的山脉，远远望去，山顶上白雪皑皑，犹如一朵朵盛开的雪莲花，它就是祁［qí］连山。祁连是蒙古语的音译，意思是“高寒”，在古代史料中曾经称其为“天山”。祁连山东接黄河谷地，与秦岭、六盘山相连，长近1000千米，宽达300多千米。祁连山的主峰在走廊南山西端，海拔5547米，最高峰疏勒南山的团结峰海拔5808米。伟岸的祁连山流淌出的雪水汇集成河流滋养着河西走廊，使这里成为富足之地和兵家必争之地。

关山月

[唐] 李　白

明月出天山，苍茫云海间。
长风几万里，吹度玉门关。
汉下白登道，胡窥(kuī)青海湾。
由来征战地，不见有人还。
戍(shù)客望边邑，思归多苦颜。
高楼当此夜，叹息未应闲。

一轮明月从祁连山上升起来，在苍茫的云海之间穿行。长风浩荡吹越几万里，一直吹过玉门关。忆往昔，汉朝的军队出兵白登山道，而此时，吐蕃［bō］正对

青海的土地虎视眈眈。这里自古以来就是征战之地，因为战争残酷，将士们很少能活着回来。士兵们望着边城的风景，思乡的心情让他们愁容满面。而他们的妻子正因为思念远方的丈夫在深夜不停地叹息。

解读

关山月，乐府旧题，多是抒发离别哀伤之情的诗作。天山，即祁连山，在今甘肃、新疆之间，连绵数千里。因汉时匈奴称“天”为“祁连”，所以祁连山也叫作天山。玉门关，故址在今甘肃敦煌西北，古代中原通向西域的交通要道。白登，今山西大同东有白登山。汉高祖刘邦领兵征匈奴，曾被匈奴在白登山围困了七天。胡，这里指吐蕃。窥，窥伺、侵扰。青海湾，即今青海省青海湖，湖因青色而得名。高楼，古诗中多以高楼代指闺阁，这里指戍边士兵的妻子。李白这首《关山月》的前几句写出了祁连山的特色，通过边关、明月和祁连山构成了一幅辽阔的边塞图景。

河西走廊与祁连山冰川

河西走廊是我国古代内地通向西域各地最便捷的通道，并成为丝绸之路和欧亚大陆桥的必经之地。然而，这样的宝地却干旱少雨，年降水量只有 30—200 毫米，远远小于蒸发量，祁连山便成为河西走廊唯一的水源地。在祁连山的水源中，山地冰川是最主要的部分，被誉为“固体水库”。祁连山一共有 2815 条冰川，冰川总面积 1931 平方千米，冰储量约 94 立方千米，比两个三峡的储水量还要多。

祁连山草原

祁连山草原因其“交融之美”被《中国国家地理》杂志评为中国最美六大草原之一。祁连山草原因为海拔落差大，层级结构明显，有“一山尽览四季景”的妙趣。在山脚，麦浪翻滚，油菜花海灿烂，一派春意盎然农家景象；初登一阶，就可以领略水草丰茂的夏日意趣；再往上是秋意盎然的林海风光；而高海拔地区则是皑皑雪峰、银装素裹的冬日景象了。

霍去病与祁连山

祁连山中有很多军事要塞，自古是兵家必争之地。清代谭吉瑄曾在《吊战场》中写道：

祁连山下草，寂寞少人烟。

魂魄千年后，还思渡酒泉。

西汉名将霍去病与祁连山有着密切的关系。公元前121年，年仅19岁的霍去病远征河西，指挥两次河西之战，歼灭和招降河西匈奴近十万人，将祁连山及河西走廊纳入了汉朝的版图，为开辟丝绸之路奠定了基础。匈奴人被霍去病打败，发出了“亡我祁连山，使我六畜不蕃息；失我焉支山，使我妇女无颜色”的悲歌。霍去病死后，武帝赐其谥号“景桓”，陪葬茂陵，并仿照祁连山的形状为霍去病修筑坟墓，以表彰他的战功。

拓展阅读：假如没有祁连山

在地图上看祁连山，我们会发现它是被干旱地区包围着的高地。祁连山的北边是戈壁和沙漠，南边有柴达木干旱盆地，西边是库姆塔格沙漠，东边有黄土高原。祁连山就像一座伸进西部干旱地区的湿岛。如果没有祁连山，内蒙古高原的沙漠就会和柴达木盆地的荒漠连成一片，也就不会有河西走廊和东西方文明交流的通道——丝绸之路了。

研学互动：古诗词中的地理知识

北朝民歌《敕勒歌》中写道：

天苍苍，野茫茫，风吹草低见牛羊。

意思是：在蓝蓝的天空下，是一望无际的原野。一阵风吹过，就看到了牛羊在草丛中悠闲自得地吃草。你觉得这首诗写的是哪里的景象呢？

第四章

嵩山

“日出嵩山坳，晨钟惊飞鸟。林间小溪水潺潺，坡上青青草……”一首悠扬婉转的《牧羊曲》把我们带到了有着“天下第一名刹”美誉少林寺的嵩山。嵩山位于河南省登封市北郊，因为它地处其他四岳正中，故而被称为中岳。中岳嵩山属于伏牛山脉，东西绵延百余里，主峰峻极峰海拔约 1492 米。其整体形态气势磅礴，主要由太室山和少室山组成。

古诗词中的嵩山

归嵩山作

［唐］王　维

清川带长薄，车马去闲闲。
流水如有意，暮禽相与还。
荒城临古渡，落日满秋山。
迢递（tiáo dì）嵩高下，归来且闭关。

清澈的河流映衬着茂密的草木，而我在这幽静的环境中驾着车马悠闲行进。假如流水对我有情意的话，它也会像暮归的飞鸟一样追随着我隐居的脚步。荒城靠着古老的渡口，金色的余晖洒满秋天的山野。在这远离尘世的嵩山脚下，我闭门谢客过着隐居的悠闲生活。

解读

清川，清澈的河流。薄，草木茂密的地方，这里指草泽。闲闲，从容的样子。迢递，遥远的样子。嵩高，嵩山别称嵩高山。闭关，这里有闭门谢客的意思。这首诗描写了王维辞官归隐时的心情，有一种淡泊闲适的味道。

太室山和少室山

太室山和少室山是嵩山的两个主体山峰。太室山在东侧，有太白、望都、观香、积翠、独秀、玉女等 36 座峰。清代吕守曾在《望嵩山》中写道：

三十六峰如髻鬟，行人来往舒心颜。

白云蓬蓬忽然合，都在虚无缥缈间。

太室山南麓的嵩阳书院，是嵩山儒家的象征。它和应天书院、岳麓书院、白鹿洞书院并称我国古代四大书院。

少室山在西面，也有36座峰，包括望洛、石城、石笋、香炉、罗汉等主要山峰。闻名于天下的少林寺便在此处。少林寺是我国古今最有名的佛教寺院之一，有“天下第一名刹”和“禅宗之祖庙”的美誉。寺院面对少室山，背靠五乳峰，因为坐落于少室山茂密丛林之中，故名“少林寺”。

少林寺的兴衰历史

少林寺始建于北魏太和十九年（公元495年），距今已经有1500多年的历史了。少林寺经历了无数次战乱、风雨水火的洗礼，被修整过无数次，才得以保留今天的规模。北周建德三年（公元574年），朝廷禁佛，少林寺遭到了毁坏。数年之后，又重兴香火。唐朝初年，在唐太宗李世民征讨王世充的征战中，少林寺的武僧曾拔刀相助，后来演绎为《十三棍僧救唐王》的故事。到了明朝，少林寺的规模达到了顶峰，占地达千余顷，有殿堂、楼阁千余间。到了民国时期，因为战乱，少林寺遭到了严重的损坏，其主要建筑天王殿、大雄宝殿、藏经阁、钟鼓楼都遭到了损坏，大量的文物、经书、法器化为灰烬。直到 1949 年中华人民共和国成立，经过政府多次拨款修葺、重建，少林寺才达到了今天的规模。

拓展阅读：山呼万岁的由来

古时候百官见到皇帝，总要“山呼万岁”，山呼就是高呼万岁的意思。明明是人呼，为什么要叫山呼呢？这个事情要从汉武帝登嵩山说起。话说公元前 110 年的春天，一心想长寿的汉武帝到嵩山太室山上祭祀上天。不知怎么回事，随从的官员在山下听到有人呼“万岁”，一连呼了三声。汉武帝问山上的人，他们都说没有喊，但听见了；问山下的人，他们也说听到了但没有喊。于是，这件事便被当作“祥瑞”记载下来了。用现在的观点看，这一定是大臣们在搞鬼，他们知道汉武帝想要什么，便造假哄皇上开心。但这件事一经记载，便影响了中国封建社会的礼仪。后世便把臣子朝见天子称为“山呼”或“嵩呼”，并做了严格的规定：凡朝见皇帝的臣子跪左膝，掌管朝见的司仪官高喊“山呼”，朝见者就叩头并应和着喊“万岁”。司仪官再喊“山呼”，朝见者便再叩头喊一遍“万岁”。最后司仪官高喊“再山呼”，朝见者又叩头，应和着喊“万万岁”。

第五章

峨眉山

“蜀国多仙山，峨眉邈［miǎo］难匹。”蜀地有很多仙山，但都难以与渺茫绵远的峨眉山相匹敌。这是唐代大诗人李白登峨眉山时发出的赞美。峨眉山地处四川盆地西南方向，因两山相对，望之如蛾眉而得名，有“峨眉天下秀”之称。峨眉山主要由大峨山、二峨山、三峨山等山峰组成，最高峰万佛顶海拔 3099 米。峨眉山自古有“高迈五岳，秀甲九州”的美誉，它不仅有独特的自然风光，还有极其丰富的人文景观。峨眉山是我国四大佛教名山之一，与山西五台山、安徽九华山、浙江普陀山齐名，是世界文化与自然双重遗产。

古诗词中的峨眉山

峨眉山月歌

［唐］李　白

峨眉山月半轮秋，影入平羌江水流。
夜发清溪向三峡，思君不见下渝(yú)州。

峨眉山上的月色真美啊，月亮的影子照在平羌江上，随着水流移动，而我便在这寂寥的秋夜中乘船旅行。你要问我去哪里？我要趁着夜色从清溪驿出发去往三峡。我怀着对故乡的眷恋，一路从渝州顺流而下。

解读

半轮秋，秋天夜空中的弯月。平羌，平羌江，即现在的青衣江。发，出发。清溪，指清溪驿。君，指峨眉山月，也有说指李白的朋友。下，顺流而下。渝州，唐代州名，即现在的重庆市。

这首诗是李白初次离开蜀地时的作品。诗中连用了峨眉山、平羌江、清溪、渝州、三峡五个地名，向我们展开了一幅千里蜀江行旅图。其实，不仅李白非常喜欢峨眉山月色，很多诗人都曾吟咏过峨眉山的月色。比如，南宋程公许就曾写道：

返照中岩流，峨眉分外清。

一弯新吐月，共我两忘形。

寥寥数笔，生动再现了弯弯的新月照在峨眉山上的场景，写出了“物我两忘”的境界。

峨眉派的白猿祖师

中国武术源远流长，出现了许多门派，其中最具影响力、历史最悠久的当属峨眉、少林、武当三大门派。峨眉武术得名于峨眉山。早在4000多年前，先民们为了生存练就的搏击术成为峨眉武术最早的表现形式。战国时期的司徒玄空是峨眉武术的第一人。司徒玄空隐居在峨眉山中，长期与峨眉山中的灵猴相处，模仿灵猴的动作，创出了一套“峨眉通背拳”，并广收门徒，

传授武艺。因为司徒玄空喜欢穿白色的衣服，所以被徒弟们尊称为“白猿祖师”。

峨眉派其实以男子为主

受到金庸武侠小说的影响，一说起峨眉派，人们就会想到郭襄、灭绝师太等人，便认为这是一个全是女子的门派。其实，现实中的峨眉派以男子居多。当然，峨眉武术中确实有很多招式适合女子练习。比如，金庸《神雕侠侣》中虚构的玉女剑法，不仅招式精美细巧，而且还有很女性化的名字“文姬挥笔”“西子洗面”“越女追魂”等。

峨眉派的独门武器叫峨眉刺，是一个中间粗、两头细的锥形体，头端略扁，呈菱形带尖，中间有一个圆环。使用的时候将圆环套在中指上，左右手各持一个，习武者通过抖腕和手指拨动，使其转动。峨眉刺不同于北方武术的大开大合、强打硬攻，而是富于变化，适合先诱后打，在陆地上和水里都可以使用，所以也叫“分水峨眉刺”。

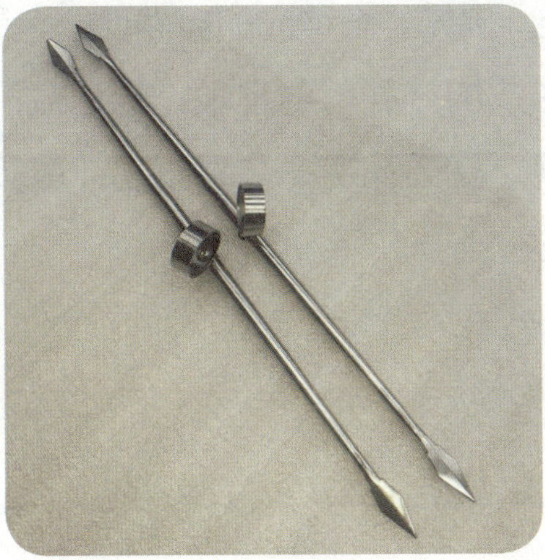

拓展阅读：神奇的峨眉佛光

峨眉佛光，又称峨眉宝光。当观赏者站在峨眉金顶背向太阳而立，而前下方又弥漫着云雾，有时会在前下方的天幕上，看到一个外红内紫的彩色光环，中间显现出观赏者的身影，且“光环随人动，人影在环中”。这便是令人惊奇的峨眉佛光。南宋诗人范成大曾对佛光现象进行了记录，他在诗中写道：

重轮叠采印岩腹，非烟非雾非丹青。

我与化人中共住，镜光觌［dí］面交相呈。

实际上，佛光是一种光的自然现象，是阳光照在云雾表面后形成的一种衍射现象。据记载，峨眉佛光每月都会出现，夏天及初冬最易出现，最多时全年可出现 100 次左右。

第六章

终南山

你知道古代读书人除了选择做官还能做什么呢？答案是两个字：归隐。归隐就是离开朝廷，找一个安静的地方隐居，而陕西的终南山就是人们归隐的圣地。终南山位于陕西西安市城南，又名太乙山，简称南山。终南山是秦岭山脉的一段，处于我国地理上的南北方分界线上，群山叠翠、丛林苍郁、清幽雅致，拥有得天独厚的自然地理环境和千百年形成的人文风貌。当然，终南山最为世人熟知的是它的“隐士文化”，自古以来源源不断地吸引着文人雅士在此隐居禅修。

古诗词中的终南山

终南山

［唐］王　维

太乙近天都，连山接海隅（yú）。
白云回望合，青霭（ǎi）入看无。
分野中峰变，阴晴众壑（hè）殊。
欲投人处宿，隔水问樵夫。

终南山那连绵的山势靠近长安城，一直遥遥地伸向大海之滨。远远地回望，白云仿佛聚合到了一起，可走近的时候，那青色的雾气却淡得看不见了。因为终南山区极大，所以中峰所隔，分野就发生了变化，各个山谷的阴晴也不一样。我想要找一个人家投宿，便隔着河向樵夫询问。

解读

太乙，终南山主峰，也是终南山的别名。天都，这里指唐朝首都长安。海隅，海边。终南山并不到海边，这里用夸张的手法来突出终南山的山脉连绵不断。霭，雾气。分野，古时候以天上星宿分野，凡是地上某一个区域，都对应着星空中的某一处分野。壑，山谷。“分野中峰变，阴晴众壑殊”这两句诗是说终南山连绵延伸，占地极广，中峰两侧的分野都变了，各山之间的天气阴晴变化也不同。人处，有人居住的地方。王维的这首《终南山》主要写出了终南山之大，其中“白云回望合，青霭入看无”写出了在云雾中行走的独特感受。

终南山里的隐士们

唐代诗人祖咏有一首绝句《终南望余雪》：

终南阴岭秀，积雪浮云端。
林表明霁色，城中增暮寒。

这首诗描写的是在长安城远望终南山的景色，只见积雪浮在云端，林梢被阳光照得明亮，而长安城中却感觉到阵阵寒冷。通过这首诗我们看到，终南山和长安城只在一望之间。其实，终南山和长安城一直保持着一种联系。长安作为大唐的国都，是读书人出仕的地方，而终南山是读书人不得意时归隐的圣地。诗人王维就曾在终南山度过了一段半官半隐的时光。不过，很多人归隐终南山并不是真正的归隐，而是暂时隐退，甚至把隐居终南山当作实现他们出仕做官愿望的“敲门砖”。

成语故事：终南捷径

在我国古代，很多落榜的学子选择在终南山隐居，就是希望以“清高”的隐士名号得到往来于此的达官贵人的注意和赏识。在这些人中，唐高宗时期的卢藏用是最成功的。卢藏用年轻的时候文采出众，科举考试却一直不顺利。后来卢藏用隐居终南山，他的名声打动了到此朝拜的太平公主，最终得以免试进入朝廷做官。卢藏用的成功经验引来了很多人效仿，大家将隐居终南山当成做官的捷径。成语“终南捷径”由此诞生。

拓展阅读：《诗经》里的终南山

有一副对联，上联是“福如东海长流水”，下联是

“寿比南山不老松”，这是用来祝福长寿的吉祥语。其中，“寿比南山”中的南山就是终南山，出自《诗经·小雅·天保》，是臣子祝颂君主的诗：

如月之恒，如日之升，如南山之寿，不骞不崩。如松柏之茂，无不尔或承。

意思是：您像新月渐盈，您像旭日东升，您像终南山高寿，永不亏损塌崩。您像松柏常青，子孙永远继承。

第七章

黄山

黄山，位于安徽省南部，素来以“天下第一奇山”的美誉闻名遐迩，又有“天开图画”“松海云川”之称。黄山群峰竞秀，怪石林立，有千米以上高峰 88 座，“莲花”“光明顶”“天都”三大主峰海拔均逾 1800 米。大诗人李白曾为黄山高吟：“黄山四千仞，三十二莲峰。丹崖夹石柱，菡［hàn］萏［dàn］金芙蓉。”黄山巍峨挺拔，雄奇瑰丽。古人认为黄山“具有泰岱之雄伟、华山之险峻、衡岳之烟云、匡庐之飞瀑、雁荡之巧石、峨眉之清秀”，“集天下奇景于一体”，因此有“五岳归来不看山，黄山归来不看岳”的说法。

黄山寒夜作

［清］屈大均

三十六峰东，萧萧枕簟(diàn)风。

梦寒飞不远，只在乱云中。

我夜宿在黄山三十六峰之东，萧萧夜风吹到枕畔，将我的梦吹起来。可惜这梦被深夜的寒气冻住了，飞也飞不远，就在群峰乱云间徘徊。

解读

屈大均，明末清初著名诗人。萧萧，这里形容夜晚山风吹动草木的声音。簟［diàn］，竹席。枕簟，即枕头和席子，也泛指床榻。只在，就在。乱云，纷乱的云。这首《黄山寒夜作》以夜晚在黄山住宿为主题，写出了梦在寒夜的黄山乱云中飘动的诗境，突出了黄山夜之寒、云之乱，也写出了诗人对黄山的喜爱。整首诗意境缥缈，颇有神韵。

黄山名字的由来

黄山在古时候叫黟［yī］山。黟是黑色的意思，或许是因为黄山群山遥望呈苍黛色，宛如一幅水墨图画，所以才有了这个名字。为什么后来改为黄山了呢？其实黄山的“黄”不是代表颜色，而是出自黄帝的“黄”。唐朝，因为有黄帝在黄山炼丹修道的传说，唐玄宗便御赐其名为“黄山”。

黄山五绝

黄山素以奇松、怪石、云海、温泉、冬雪“五绝”著称于世。遍布峰壑的黄山松尤其著名，百岁龄以上的古松数以万计，著名的有迎客松、送客松、卧龙松等 31 棵。黄山怪石形状各异，有的像人，有的像动物，有的像植物，著名的有金鸡叫天门、松鼠跳天都、猴子观海等。黄山云海气象万千，以美、胜、奇、幻享誉古今。黄山温泉水质清纯，可饮可浴。黄山冬雪极有特色，每到深冬，千山万壑铺满了白雪，处处银装素裹、端庄轻灵。

拓展阅读：超级“驴友”徐霞客游黄山

明朝有一个超级“驴友”，他就是古代著名的地理学家、旅行家、文学家徐霞客。徐霞客特别喜欢旅游，他的足迹遍及今天的 21 个省、市、自治区，撰写了 60 万字的地理名著《徐霞客游记》。徐霞客曾两次游黄山，写下两篇《游黄山日记》，对黄山“一路奇景”赞叹不已，并对黄山的奇松、怪石、云海、冬雪都做了记录和描写。可以说，徐霞客在他游历的山川中，对黄山最钟情。

在徐霞客晚年的时候，他的好朋友钱谦益问他：“游历四海山川，何处最奇？”徐霞客回答道：“薄海内外无如徽之黄山，登黄山天下无山，观止矣！”这句话的意思是：放眼四海，没有哪座山能比得上安徽的黄

山，登了黄山就可以不用再登其他的山了，因为黄山集合了天下名山的优点，看过黄山，天下的美景就都已经看过了。后来这段话被引申为“五岳归来不看山，黄山归来不看岳”。

第八章

庐山

庐山，又名匡山、匡庐，位于长江中游南岸江西省九江市，以雄、奇、险、秀闻名于世。相传在周朝时有匡氏七兄弟上山修道，结庐为舍，因此得名。庐山有独特的第四纪冰川遗迹，并有河流、湖泊、坡地、山峰等多种地貌类型，素有地质公园之称。庐山是中国古代宗教中心和教育基地。佛教领袖慧远在此建立的东林寺，是中国最早的寺庙园林，而位于庐山五老峰南麓的白鹿洞书院，居我国古代四大书院之首。

题西林壁

［宋］苏　轼

横看成岭侧成峰，远近高低各不同。
不识庐山真面目，只缘身在此山中。

我到庐山游玩，从正面、侧面看庐山，山岭连绵起伏、山峰耸立；从远处、近处、高处、低处多种角度去观察，庐山都呈现出不同的样子来。我想人们之所以不能真正看清庐山的面目，就是因为身在其中，当局者迷。

解读

题西林壁，写在西林寺的墙壁上；西林，指西林寺，在庐山西麓。横看，从正面看，因为庐山是南北走向，横看就是从东面、西面看。侧，侧面。不识，不能认识、辨别。真面目，指庐山真实的景色、形状。此山，这座山，这里指庐山。苏轼通过描写从不同角度观察庐山而看到不同的景象，表达了深刻的人生感悟和哲理：只有远离庐山，跳出庐山的遮蔽，才能全面把握庐山的真正仪态。同样，人们面对一种事物，也需要全面地把握，才能够真正认识它、了解它。

庐山瀑布

日照香炉生紫烟，遥看瀑布挂前川。

飞流直下三千尺，疑是银河落九天。

庐山瀑布因为李白的《望庐山瀑布》而被世人熟知。

在庐山众多的瀑布中，最为壮观的当属有“庐山第一奇观”美誉的三叠泉大瀑布。三叠泉大瀑布落差155米，既分为三叠，又一气呵成。它是由大月山、五老峰的涧水汇合，从大月山流出，经过五老峰背，由北崖悬口注入大盘石上，又飞泻到二级大盘石，再喷洒至三级盘石，形成三叠。三叠泉大瀑布势如奔马，声若洪钟，令观赏者震撼不已。

五老峰

五老峰是庐山主峰，地处庐山东南侧，海拔1436米。在山的绝顶处分成并列的五座山峰，远远望去，好像席地而坐的五个老翁，所以人们称之为“五老峰”。李白曾登上五老峰，还创作了一首七言绝句《登庐山五老峰》，表达了对五老峰的喜爱。

庐山东南五老峰，青天削出金芙蓉。

九江秀色可揽结，吾将此地巢云松。

这首诗把五老峰比作一朵盛开的金色莲花，说只要登上五老峰就可以一览九江的秀丽景色。表达了诗人想要在五老峰隐居的愿望。

仙人洞

毛泽东主席在《七绝·为李进同志题所摄庐山仙人洞照》中写道：

暮色苍茫看劲松，乱云飞渡仍从容。

天生一个仙人洞，无限风光在险峰。

这首诗写的是庐山仙人洞的景色。仙人洞是庐山上一个自然风化的石洞，洞顶上有一块巨石，其形状像佛手，所以也叫“佛手岩”。更有趣的是，在仙人洞左侧的岩壁上有一块凌空向北伸展的石头，形状像蟾蜍，人称“蟾蜍石”。在蟾蜍石上长着一棵松树，松树看起来虽然不大，但已经有 100 多年的历史了，这就是庐山的“石松”。每当山谷中云雾腾起的时候，石松若隐若现，仿佛人站在蟾蜍石上一般，非常奇妙。

研学互动：古诗词中的地理知识

在庐山大林峰有一座大林寺，唐代诗人白居易曾在初夏来到这里。那个时候山下的桃花已经凋谢，可山寺里的桃花才刚刚盛开。白居易触景生情，写下了这首《大林寺桃花》：

人间四月芳菲尽，山寺桃花始盛开。

长恨春归无觅处，不知转入此中来。

想一想，为什么山寺中的桃花会开得比较晚？

第九章

衡山

衡山是我国五岳之一的南岳，位于湖南省。衡山有七十二群峰，层峦叠嶂，气势磅礴。因为这里烟云弥漫飘浮，令人产生飞翔的幻觉，所以清代学者魏源遍游五岳后写道：“恒山如行，泰山如坐，华山如立，嵩山如卧，唯有南岳独如飞。”衡山作为我国南方最古老的人文始祖的祭祀山，黄帝、炎帝、祝融、尧、舜、禹都曾在这里留下过足迹。自唐宋到明清，衡山书院林立，曾国藩曾称赞道：“天下书院，楚为盛；楚之书院，衡为盛。”

渔家傲·秋思

［宋］范仲淹

塞下秋来风景异，衡阳雁去无留意。四面边声连角起，千嶂(zhàng)里，长烟落日孤城闭。　　浊酒一杯家万里，燕然未勒归无计。羌(qiāng)管悠悠霜满地，人不寐，将军白发征夫泪。

西北边塞的秋光和中原大不相同，鸿雁朝着南方的回雁峰飞去，毫不留恋这荒凉的西北。黄昏时分，军中号角声从四面八方传来。此时，层峦叠嶂里，暮霭沉沉，山衔落日，孤零零的城门紧闭。饮下一杯浊酒，

不由得令人想起万里之外的亲人。可眼下边境还不太平，所以归期未定。悠扬的笛声从远处传来，又平添了几分思乡的情绪。夜深了，在外征战的人因为思念家乡都不曾睡去，为了镇守边疆，将军和士兵的头发都熬白了，不知流下了多少眼泪。

解读

渔家傲，词牌名。塞下，这里指西北边疆。衡阳雁去，衡阳城南有回雁峰，山峰的形状很像鸿雁在飞翔，相传鸿雁飞到这里便不再往南飞。边声，边塞地区的悲凉之声，比如马鸣声、风声、号角声等。千嶂里，在层层山峰的环抱里。燕然未勒，这里指没有击溃敌军，边境还不安全。羌管，即羌笛，古代西羌人制作的一种乐器。不寐，睡不着。公元 1040 年，范仲淹任陕西经略副使，之后在西北抵御西夏进攻长达四年之久。当时民歌把范仲淹描绘成“西贼闻之惊破胆”的英雄。这首《渔家傲·秋思》就是范仲淹在西北军中所作。词中表达了他决心御敌的英雄气概，同时也反映出了将士们的艰苦生活和思乡之情。

回雁峰

回雁峰是衡山七十二峰之首，古城衡阳也因此峰冠以“雁城”之雅称。回雁峰海拔的 96 米，虽然并不高，但自古以来却受到了人们的喜爱，许多诗人都来回雁峰登临吟咏。关于回雁峰的诗文，有唐代王勃的“雁阵惊寒，声断衡阳之浦”，有晚唐诗人杜荀鹤的“猿到夜深啼岳麓，雁知春近别衡阳”，有宋末元初的文天祥的“君为湘水燕，我作衡阳雁”等。

祝融峰

衡山的祝融峰、水帘洞、方广寺、藏经殿分别以其高、奇、深、秀被赞誉为南岳四绝。祝融峰，名字来源于火神祝融，它以高著称，海拔 1300 多米，高耸云霄，雄峙南天，是南岳衡山的最高峰和主峰。古人说：“不登祝融，不足以知其高。”唐代文学家韩愈在《游祝融峰》中写道“祝融万丈拔地起，欲见不见轻烟里”，形象地写出了祝融峰的高峻、雄伟。

岳麓书院

在衡山的岳麓山下，有一座千年学府——岳麓书院。岳麓书院始建于北宋开宝九年（公元 976 年），书院规模壮阔，气势宏伟。门额“岳麓书院”为宋真宗字迹，大门两旁悬挂有对联“惟楚有材，于斯为盛”。上联出自《左传·襄公二十六年》，下联出自《论语·泰伯》，道出了岳麓书院英才辈出的历史事实。而岳麓书院的确出了不少人才，知名学子有王夫之、魏源、曾国藩、左宗棠等。

拓展阅读：古代传说中的“擎天柱”

衡山天柱峰海拔 1061 米，因为形状像一个撑天的柱子，所以被称为天柱峰。其实在古代传说中，人们认为天是靠着柱子支撑的。比如，传说中昆仑山有八根柱子支撑着天，这些柱子叫作擎天之柱。在小说《西游记》中孙悟空大闹天宫，与如来佛祖比试的时候，也提到了撑天的柱子：

那大圣收了如意棒，抖擞神威，将身一纵，站在佛祖手心里，却道声：“我出去也！”你看他一路云

光，无影无形去了。佛祖慧眼观看，见那猴王风车子一般相似不住，只管前进。大圣行时，忽见有五根肉红柱子，撑着一股青气。他道："此间乃尽头路了。这番回去，如来作证，凌霄宫定是我坐也。"

第十章

钟山

钟山位于江苏省南京市境内，也叫金陵山、蒋山、紫金山。钟山山势险峻，北高峰、小茅山、天堡山三峰相连，形如巨龙，是南京的象征。毛泽东主席的《七律·人民解放军占领南京》中写道：“钟山风雨起苍黄，百万雄师过大江。”此处就以钟山来代指南京。钟山有“金陵毓秀”的美誉，与无锡惠山、南通狼山、苏州天平山并称为江南四大名山。钟山周围名胜古迹很多，山南有紫霞洞、一人泉；山前正中有中山陵，西有梅花山、明孝陵、廖仲恺何香凝墓，东有灵谷公园、邓演达墓；山北有明代徐达、常遇春墓等。

泊船瓜洲

［宋］王安石

京口瓜洲一水间，钟山只隔数重山。
春风又绿江南岸，明月何时照我还？

我把船停在瓜洲，远远望着京口和瓜洲两地，只隔着一条长江，而钟山就隐没在几座山峦的后面。当春风又一次吹绿江南两岸，我不禁感慨，皎洁的月光什么时候能照着我回家乡呢？

解读

泊船，停船。京口，江苏镇江的古称。瓜洲，镇名，在江苏省邗 [hán] 江县南部、大运河分支入长江处，与镇江市隔江斜对，是长江南北水运交通要冲，又称瓜埠洲。绿，吹绿、拂绿。王安石，北宋改革家、诗人，这首诗是他途经瓜洲所作，用极其轻快的语言写出行船途经京口、瓜洲时的所见所感，将长江两岸的春景写得清新生动，同时也表达了他的思乡之情。

王安石改诗

这首《泊船瓜洲》中的第三句“春风又绿江南岸”中的“绿”字其实是经过多次修改的。最开始王安石将其写为“春风又到江南岸”，后来又依次改为“春风又过江南岸”“春风又入江南岸”“春风又满江南岸”，改了十多次，最后才定为“春风又绿江南岸”。一个“绿”字将春风吹绿江南两岸草木的过程写了出来，非常鲜活生动。王安石这次改诗的经历也成为中国古代文学史上讲究修辞炼字的典范。

钟山名字的来历

钟山，古称金陵山，因 2300 多年前楚威王在石头山筑金陵邑城而得名。到了汉朝，风水先生认为这座山是龙脉，是王气所“钟”之处，也就是说这里是王气集中积聚的地方，所以称之为钟山。东汉末年秣［mò］陵县尉蒋子文追逐盗贼，战死于此山，后又葬于此山，老百姓传说他死后成神，便在此建蒋王庙。三国东吴孙权为了避曾祖孙钟的名讳，于是将钟山改名为蒋山。东晋元帝司马睿渡江南下时，望见此山紫气氤氲，就称之为紫金山。到了南朝，钟山因地处南京东北，也名“北山”。明朝初年，朱元璋在这里建孝陵，一度称钟山为神烈山。当然，它最为人们熟知的名称还是钟山和紫金山，人们普遍认为钟山是它的学名，而紫金山是它的俗名，也就是含有亲切意味的小名。

明孝陵

明孝陵是明太祖朱元璋和他的妻子马皇后的合葬陵寝。明孝陵是中国明陵之首，代表了明初建筑和石刻艺术的最高成就，直接影响了明清两代五百多年帝王陵寝的形制。分布于北京、湖北、辽宁、河北等地的明清帝王陵寝，都是按南京明孝陵的规制和模式营建的。据史料记载，明洪武十四年（公元 1381 年）朱元璋下令建陵。第二年八月，马皇后去世，九月葬入此陵墓。后此陵定名为“孝陵”。孝陵之名，有“以孝治天下”之意，还有一种说法是马皇后谥号“孝慈”，所以才得名。明孝陵于永乐三年（1405 年）建成，历时 25 年。因后来屡遭兵火，现在的明孝陵除陵寝地宫外，仅存神道、下马牌坊、大金门、四方城等。

研学互动：“镜”是个什么镜

建成于 1934 年 9 月的紫金山天文台是我国自己建立的第一个现代天文学研究机构，被誉为“中国现代天文学的摇篮”。它坐落于钟山第三座山峰天堡山上。2017 年 3 月 1 日，紫金山天文台新发现一颗彗星并将其命名为“紫金山”。

在天文台观察天体需要用望远镜。望远镜一般由凸透镜、凹透镜或者凹面反射镜组合而成，利用光的折射和反射原理让人们可以看到远处的物体。在生活中，照相机、放大镜，还有爷爷奶奶戴的老花镜，都属于凸透镜，甚至盛了水的透明玻璃杯也可以变成凸透镜，而矫正近视用的近视镜则是凹透镜。你可以用这些镜片来试着观察近处和远处的物体，比较一下通过它们看物体的效果有什么不同。再想一想，教室里老师播放课件时用到的投影仪，属于凸透镜还是凹透镜呢？

第十一章

喜马拉雅山

当被问到世界上哪座山峰最高，想必大多数人都能答出珠穆朗玛峰。纵观我们居住的地球，有成千上万座高山险峰，但没有任何一座能够超越珠穆朗玛峰，它是当之无愧的地球之巅。珠穆朗玛峰是喜马拉雅山脉的主峰。喜马拉雅山是地球上最年轻和最雄伟的高山，从南到北跨度达 200—350 千米。漫长的弧形山脉呈东西走向，绵延近 2500 千米。世界上 14 座海拔 8000 米以上的高峰中有 10 座位于喜马拉雅山地区，海拔 7000—8000 米的高峰更是多达 40 多座。

题徐悲鸿为韩槐准作《喜马拉雅山远眺图》

［近代］郁达夫

寰宇高寒此一峰，九州无奈阵云封。
何当重踏昆仑顶，笑指蜗牛角上踪。

纵观天下的群山，喜马拉雅山是最高大的，高高的山顶上寒云仿佛将九州都封住了。什么时候我能够踏上昆仑之巅呢？到时候站在峰顶俯瞰尘寰，人间的万事万物、蝇营狗苟就微小得如同蜗牛角了。

解读

寰宇，指天下。九州，即中国。昆仑，即昆仑山，是中国古神话中的神山，被誉为“万山之祖”，这里代指喜马拉雅山。蜗牛角，即蜗角之争，比喻为了极小的事物而引起大的争执。

徐悲鸿，中国现代著名画家、美术教育家，被尊称为中国现代美术教育的奠基者，尤以画奔马闻名于世。郁达夫，中国现代作家、革命烈士，代表作有《沉沦》《故都的秋》《春风沉醉的晚上》。韩槐准，海南文昌人，在新加坡经营种植业，为人好客，喜欢收藏和结交文人墨客，常常邀请徐悲鸿、郁达夫、刘海粟等文人画家前来聚会。徐悲鸿为韩槐准画了一幅《喜马拉雅山远眺图》，郁达夫为这幅画题诗。这首诗通过描写喜马拉雅山的高大，来反衬人世间的渺小，表达了一种豁达的人生态度。

成语故事：蜗角之争

传说有两个很小很小的国家，一个国家建立在蜗牛的左触角上，叫作触氏；另一个国家建立在蜗牛的右触角上，叫作蛮氏。这两个国家经常因为争夺土地而发生战争。每当发生战争的时候，就会有几万人丧命。如果要追赶败兵，需要十五天才能够返回来。想一想，蜗牛很小，它两只触角上的国家就更小了，可这样的小国还要不停地打仗，是不是很可笑。而我们人类生存的地方对于宇宙来说，是不是也很小呢，我们是不是不应该为了一些不必要的事情去争执呢？

沧海桑田：不断长高的喜马拉雅山

雄伟的喜马拉雅山脉曾经却在海底。由于大陆板块间挤压将大地拱起，大洋消失，取而代之的是挺立的巨大山脉。在喜马拉雅山顶多次发现三叶虫等古代海洋生物的化石，就是这一沧桑巨变的见证。由于喜马拉雅山脉是由印澳板块与欧亚大陆板块碰撞形成的，而印度板块仍在以每年大于 5 厘米的速度向北移动，这就造成了喜马拉雅山脉仍在不断上升，以至于它的主峰珠穆朗玛峰的峰高也一直在变化中。2005 年，我国国家测绘局测量的珠穆朗玛峰岩面高为 8844.43 米；2020 年 12 月 8 日，我国国家主席习近平同尼泊尔总统班达里互致信函，共同宣布珠穆朗玛峰最新高度为 8848.86 米。

我国最早攀登珠峰的英雄

1960 年 5 月 24 日，我国珠穆朗玛峰登山队突击队 4 名成员：王富洲、贡布、屈银华、刘连满从海拔 8500

米的突击营地出发，克服种种艰难险阻，于5月25日凌晨4时20分成功登顶珠穆朗玛峰，站在了世界之巅。他们是最早登顶珠穆朗玛峰的中国人，实现了人类历史上首次从北坡登顶珠峰的壮举，为世界登山史写下了辉煌的一页。

拓展阅读：珠峰上的奥运圣火

2008年5月8日上午9点17分，在中国登山队19名队员的接力下，北京奥运圣火在世界之巅珠穆朗玛峰被点燃。这是人类历史上第一次将奥运火炬带到地球“第三极”。

第十二章

长江

“你从雪山走来，春潮是你的风采；你向东海奔去，惊涛是你的气概。你用甘甜的乳汁，哺育各族儿女；你用健美的臂膀，挽起高山大海。”一首《长江之歌》让我们读到了母亲河长江的神韵。在我们祖国广袤的土地上有无数条大江大河，其中第一长河就是长江。长江，发源于青藏高原的唐古拉山脉各拉丹冬峰西南侧，于崇明岛以东注入东海，全长6300多千米，是亚洲第一长河，世界第三长河。长江干流流经青海、西藏、四川、云南、重庆、湖北、湖南、江西、安徽、江苏、上海11个省、自治区、直辖市，流域面积达180万平方千米，约占中国陆地总面积的1/5。

古诗词中的长江

黄鹤楼送孟浩然之广陵

［唐］李　白

故人西辞黄鹤楼，烟花三月下扬州。
孤帆远影碧空尽，唯见长江天际流。

我的老朋友孟浩然要到扬州去，我在黄鹤楼送别他。正是暮春时节，艳丽的春色仿佛也在为老朋友送别。孟浩然登上了船，我与他道别，船越走越远，远远地只看见一片孤帆消失在碧色的水天相连之处，只剩下滚滚的长江水不停地向天际奔流。

解读

之，去往的意思。广陵，现在的扬州。故人，指孟浩然。孟浩然是盛唐时期的著名诗人，与王维并称“王孟”，孟浩然比李白年长，是李白的好朋友。李白对孟浩然很推崇，曾写诗称赞道“吾爱孟夫子，风流天下闻”。辞，辞别。西辞，从西方离开，黄鹤楼在广陵的西面。黄鹤楼，故址在今湖北武汉市长江大桥武昌桥头。烟花，指艳丽的春景。下，顺流向下而行。唯见，只看见。这是一首传流很广的送别诗，写得深情款款。在黄鹤楼这个胜地，主角是孟浩然、李白两位知名的诗人。诗中描写了李白看到友人远去，连孤帆也望不见了，就只有滔滔长江水，流露着无尽的思念。

长江三峡

长江三峡是瞿塘峡、巫峡和西陵峡三段峡谷的总称。它西起重庆市奉节白帝城，东到湖北宜昌的南津关，全长 193 千米。长江三峡是我国十大风景名胜之一。古往今来有很多诗人通过诗歌对三峡及三峡中的名胜进行了吟咏赞美。

瞿塘峡西起奉节县白帝山，东迄巫山县大溪镇，总长 8000 米，在三峡中长度最短，但最为雄伟险峻。瞿塘峡以“雄”著称。西端入口处，两岸断崖壁立，高数百米，宽不及百米，形同门户，名为“夔［kuí］门”，素有“夔门天下雄”之称。瞿塘峡的名胜古迹很多，有奉节古城、八阵图、鱼复塔、白帝城、古栈道等。唐代诗人杜甫晚年到夔州，留下了《八阵图》诗：

功盖三分国，名成八阵图。

江流石不转，遗恨失吞吴。

巫峡位于重庆巫山和湖北巴东两县境内，绵延 40 多千米，包括金蓝银甲峡和铁棺峡。峡谷幽深曲折。巫山十二峰，分别坐落在巫峡的南北两岸，是巫峡最著名的风景区。巫峡因为谷深狭长，日照时短，峡中湿气蒸郁不散，容易成云致雾。唐代诗人元稹曾描写巫山的特色，留下了“曾经沧海难为水，除却巫山不是云”的千古绝句。

西陵峡是长江三峡中最长的峡谷。西陵峡西起秭［zǐ］归县香溪河口，东至宜昌市南津关，是三峡最险要的地方。其礁石林立，浪涛汹涌，两岸怪石横陈，以滩多水急著称。西陵峡北的秭归是屈原的故乡，相邻还有汉代王昭君的故里。杜甫诗“群山万壑赴荆门，生长明妃尚有村”便是对这里的描写。

扬子江与扬子鳄

唐代诗人郑谷在《淮上与友人别》中写道：

扬子江头杨柳春，杨花愁杀渡江人。

扬子江就是长江，主要指长江中下游河段。在扬子江中，有一种动物叫鼍［tuó］，也叫猪婆龙，在古代神话中，是龙和蛟的后代。其实，猪婆龙就是扬子鳄。扬子鳄是鳄鱼的一种，体形很小，已经有1.5亿多年的进化史，与恐龙属同一个时代。作为我国特有的鳄鱼种类，扬子鳄是国家一级保护动物。

保护长江母亲河

2020 年 12 月 26 日，十三届全国人大常委会第二十四次会议表决通过《中华人民共和国长江保护法》。这部法律从 2021 年 3 月 1 日起施行。为保护长江水环境，法律加大对长江流域的水污染防治、监管力度，规定了有效控制总磷排放量、提高城乡污水收集处理能力等。

研学互动：古诗词中的地理知识

李白在《早发白帝城》诗中说自己“千里江陵一日还”，极言速度快。这是运用了夸张的修辞手法，但也说明了三峡的落差大、水流湍急，所以才有“千里江陵一日还”“轻舟已过万重山”的情况出现。想一想，除了水流可以提高船行驶的速度外，还有什么自然现象能加快交通工具的速度呢？

第十三章

黄河

“黄河之水天上来，奔流到海不复回”，这是大诗人李白对黄河的赞叹。黄河，发源于青海巴颜喀拉山，穿草原、越荒漠，劈开莽莽的黄土高原，在祖国大地上留下了“几”字形中国龙形象，最终向东流入渤海。自古以来，我们的祖先就在黄河流域劳动生息，可以说，五千年的华夏民族就诞生在黄河母亲的臂弯里。黄河，不仅仅是一条河，它和黄帝、黄皮肤、黄土地一样，是中华民族的象征。

古诗词中的黄河

凉州词

［唐］王之涣

黄河远上白云间，一片孤城万仞(rèn)山。
羌笛何须怨杨柳，春风不度玉门关。

黄河向远处奔流，渐行渐远，仿佛一直流到白云之间。就在这万仞的高山之间，一座孤城耸立，显得雄伟异常。羌笛吹出了《折杨柳》这首充满思乡愁绪的曲调，真是让戍边的人因为思乡而感到惆怅。可这又有什么用呢？毕竟玉门关外荒凉凄冷，是春风都无法吹到的边城绝地啊。

解读

万仞，仞是古代的长度单位，一仞是八尺，万仞形容山势高。杨柳，指羌笛所吹的曲子《折杨柳》，这是西北一带的曲子，曲调哀怨。王之涣，唐代诗人。这首诗由近及远地写出了远眺黄河的特殊感受，描写了边塞的孤城、羌笛声，表达出一种悲凉慷慨的意境。虽然诗中有对于戍边人不能还乡的抱怨，却不是低沉的，而是表现出了盛唐诗人的广阔胸怀。

黄河文明

黄河孕育了华夏文明，早在180万年前，西侯度猿人就在山西省黄河边的芮城县内出现。此后，蓝田猿人、大荔猿人、丁村早期智人等都曾在黄河岸边捕鱼狩猎。而距今10000—7000年的旧石器文化遗址、7000—3700年的新石器文化遗址、3700—2700年的青铜器文化遗址和出现于公元前770年的铁器文化遗址，几乎遍布了整个黄河流域。百家姓也起源于黄河文明。传说中的三皇五帝和夏禹这九位华夏民族共同的人文始祖，都是出自黄河流域，而百家姓就是这九位人文始祖的姓氏派生出来的。

《诗经》中的黄河

《诗经》描写了西周初年到春秋中叶的五百年间先民们朴素的生活场景，在这些描写中多次出现了黄河。我们可以从《诗经》中了解那个时候黄河母亲的面貌。不过那个时候，黄河还只是叫“河”，“黄河”这个称呼直到西汉才有。

《伐檀》：坎坎伐檀兮，置之河之干兮，河水清且涟漪。

《关雎》：关关雎鸠，在河之洲。

《硕人》：河水洋洋，北流活活。

《河广》：谁谓河广？一苇杭之。

鲤鱼跳龙门

龙门，位于山西省河津市与陕西省韩城市交界处的黄河渡口，传说是由大禹治黄河水时凿开龙门山而形成的。龙门两岸高山林立，河道蜿蜒曲折，黄河水汹涌澎湃、怒涛狂啸。但险要的龙门没有挡住小小的鲤鱼，传说中鲤鱼只要跳过龙门，就会变成真龙，这就是“鲤鱼跳龙门”的故事。想象一下，小鲤鱼们勇敢无畏，逆流前进，冲破艰难险阻跳跃龙门的瞬间，是不是很让人激动。后来人们喜欢用“鲤鱼跳龙门”来比喻奋发向上的精神。

壶口瀑布

“壶口瀑布”是中国第二大瀑布，世界上最大的黄色瀑布。为什么叫壶口瀑布呢？这是因为黄河流至壶口一带，两岸苍山夹峙，把黄河水约束在狭窄的黄河峡谷中，河水聚拢，收束为一股，奔腾呼啸，跃入深潭，溅起浪涛翻滚，形似巨壶内黄水沸腾，因此得名“壶口瀑布”。一般的瀑布都是从下往上仰看，而壶口瀑布则是从上往下俯瞰。梁衡在散文《壶口瀑布》中对壶口瀑布作了生动的描写：

黄河在这里由宽而窄，由高到低，只见那平坦如席的大水像是被一个无形的大洞吸着，顿然拢成一束，向龙槽里隆隆冲去，先跌在石上，翻个身再跌下去，三跌、四跌，一川大水硬是这样被跌得粉碎，碎成点，碎成雾。从沟底升起一道彩虹，横跨龙槽，穿过雾霭，消失在远山青色的背景中。

拓展阅读：美丽的三角洲

三角洲是河流终点因水流速度骤减导致大量泥沙沉积而形成的三角形沙洲。在世界各大河的入海处，大都有一个三角洲。黄河、长江、珠江入海口都有面积很大的三角洲。

研学互动：古诗词中的地理知识

王之涣的《凉州词》中说：“羌笛何须怨杨柳，春风不度玉门关。”思考一下，春风为什么不度玉门关呢？

第十四章

秦淮河

秦淮河，在古时候叫淮水，相传秦始皇凿钟山以疏通淮水，故而得名。秦淮河是南京的第一大河，被称为“南京的母亲河”。秦淮河分内河和外河，内河是十里秦淮最繁华之地。自从越王勾践筑城于秦淮河畔，孕育了近2500年建城史的金陵古都和千古流传的秦淮文化。秦淮河两岸自东吴以来一直是繁华的商业区，六朝时成为名门望族的聚居之地，商贾云集、文人荟萃、儒学鼎盛。隋唐后渐渐衰落，到了宋代，逐渐复苏为江南文化中心。秦淮河是南京古老文明的摇篮，人们称秦淮河为“中国第一历史文化名河”。

泊秦淮

［唐］杜　牧

烟笼寒水月笼沙，夜泊秦淮近酒家。
商女不知亡国恨，隔江犹唱后庭花。

傍晚，我将船停泊在秦淮河边沿岸上的酒家，此时一轮圆月照着寒冷的河水，水上升起来的烟雾朦朦胧胧的，让人感受到了一股寒意，这与秦淮河畔歌舞升平的热闹形成了鲜明的对比。此时卖唱的歌女正在隔江高唱着《玉树后庭花》，歌曲中的亡国之音她并不懂，可我却因为这一曲想到了陈后主的亡国故事，心情惆怅不已。

解读

泊，停泊。商女，即歌女。后庭花，即歌曲《玉树后庭花》，相传南朝陈后主作此曲与后宫美女寻欢作乐，最终导致亡国，所以后世将后庭花作为亡国之音的代表。杜牧，晚唐诗人，他的诗作明丽隽永，绝句诗尤受人称赞，世称小杜。杜牧与李商隐齐名，合称“小李杜”。秦淮河自古就是繁华之地，在杜牧生活的晚唐，依然热闹非凡。杜牧因夜泊秦淮听到商女演唱《玉树后庭花》，由陈后主想到了晚唐衰朽时代，讽刺了纸醉金迷的晚唐统治者不知吸取历史教训。表现了作者对国家命运无比关怀和深切的忧虑之情。

秦淮河的桨声灯影

秦淮风光，以灯船最为著名，河上的游船都彩灯悬挂。很多人的眼前会浮现出这样的画面：夜空下，月色如水，多彩迷离的灯影中悠悠划过的小船，在随处可见的古迹中徜徉，六朝烟云便在这水中晕开梦幻般的色彩。这样的境界不得不让人想到秦淮文化中重要的符号和标志——“桨声灯影”。真正把“桨声灯影”推向极致的是近代文人朱自清、俞平伯的两篇同题游记《桨声灯影里的秦淮河》。这两篇文章诞生后，影响极大，从此“桨声灯影”便成了秦淮河的代名词。

夫子庙

南京夫子庙是孔庙的俗称，原来是供奉和祭祀孔子的地方。夫子庙位于秦淮河北岸，是一组规模宏大的古建筑群，主要由孔庙、学宫、贡院三大建筑群组成。它是中国第一所国家最高学府、中国四大文庙之一。

中国古代官员的摇篮：江南贡院

江南贡院位于南京市秦淮区夫子庙学宫东侧，又称南京贡院、建康贡院，是我国历史上规模最大、影响最广的科举考场，我国南方地区开科取士之地。江南贡院因其规模大、占地广居中国各省贡院之冠，创我国古代科举考场之最，仅明清时期全国就有半数以上官员出自江南贡院，被誉为“中国古代官员的摇篮”。

夜色中的江南贡院

秦淮河边柳如是

题画竹

不肯开花不趁妍，萧萧影落砚池边。

一枝片叶休轻看，曾住名山傲七贤。

这首清雅的小诗出自秦淮河边一位名叫柳如是的女诗人。柳如是，原名杨爱，浙江嘉兴人，又称河东君，因喜爱辛弃疾词《贺新郎》里的“我见青山多妩媚，料

青山见我应如是”句子，自号如是。柳如是是一位经历充满传奇色彩的女子。她是秦淮河上的歌妓，明末秦淮八艳之一。她能诗善画，多与名士往来，后来嫁给了大才子钱谦益。

明朝灭亡后，柳如是曾劝钱谦益与其一起投水殉国。在钱谦益投降清朝后，她变卖首饰，资助抗清义士。当钱谦益因罪被抓时，她四处奔走将钱谦益救出。柳如是一身傲骨，不仅敢于追求自己的幸福，更深明民族大义。她的慷慨大气、以天下为己任的士大夫品格，获得了人们的赞誉。一代国学大师陈寅恪晚年为柳如是作传，名为《柳如是别传》。

第十五章

京杭大运河

运河，是人工开凿的河。我国最早的运河是春秋时期的胥河，胥河也是世界上最古老的运河。京杭大运河是世界上开凿最早、线路最长、工程量最大的人工运河之一，它与长城、坎儿井并称为中国古代的三项伟大工程。京杭大运河最初开凿于公元前 486 年，至公元 1293 年全线通航，前后持续了 1779 年。京杭大运河北起北京，南到杭州，沟通了海河、黄河、淮河、长江、钱塘江五大水系，全长 1790 多千米。京杭大运河对于沟通中国南北地区的经济、文化起到了非常大的作用。

汴河怀古

biàn

［唐］皮日休

尽道隋亡为此河，至今千里赖通波。

若无水殿龙舟事，共禹论功不较多。

人们都说隋朝的灭亡就是因为修造汴河，可这条河在今天依然发挥着重要的作用，你看南北通行千里都要依靠它。我想，如果不是隋炀帝打造龙舟纵情享乐，那他修造汴河的功绩应该和治水的大禹差不多吧！

解读

汴河，也叫汴水，即通济渠。始建于隋朝，是隋唐大运河的首期工程，连接黄河与淮河。千里，一千余里，通济渠长一千三百余里。赖，依赖。水殿龙舟事，指隋炀帝建造龙舟游览江南。皮日休，晚唐诗人。这首《汴河怀古》一反隋朝因为大运河灭亡的论调，肯定了隋朝修建运河的积极意义，对隋炀帝有了客观公正的评价。

早期的运河

公元前 486 年吴王夫差为了称霸中原，向北方扩张势力，便开凿了邗［hán］沟，就是后来的淮扬运河。邗沟是利用长江与淮河之间湖泊密布的自然优势，局部开挖，把几个湖泊连起来，实现长江与淮河的贯通。邗沟是京杭大运河的起源，是大运河最早的一段河道。

后来，秦、汉、魏、晋和南北朝又相继延伸了河道。

隋唐大运河

隋炀帝即位后，非常热衷开凿运河，在他的统治期间，开凿的大运河分为三段：通济渠、永济渠和江南运河。隋朝的大运河开凿完工后，运河南起杭州，中间经过洛阳，北到涿郡，成为贯通南北的运河。唐朝继承了隋朝大运河的成果，又积极地对南北运河进行了开凿、疏浚和整理。

京杭大运河

元朝的都城在今天的北京。由于隋唐大运河为主线的航道曲折多变，不利于都城和江南的直接联系，特别是鉴于江南地区突出的经济中心地位，统治者需要将江浙一带的粮食运到北京，于是开始着手改建大运河。元朝对大运河进行了裁弯取直的大改道，使得大运河不再绕道洛阳，缩短航运里程九百千米。之后，经过明清两代的修整，最终形成了南北走向的京杭大运河。

拓展阅读：大运河的前世今生

大运河的开通，改变了中国的地理环境，形成了一个南北东西全方位的大水网，直接带动了运河沿岸的经济发展和城市的崛起。据记载，大运河繁华时期往来的船舶有 72 种，包括官船、皇船、渔船和民船等。大运河带动了漕运的繁荣，在漕运发达的时期，从天津到通州的北运河，每年要承载 2 万艘运粮的漕船。

19 世纪海运兴起，同时随着津浦铁路通车，京杭大运河的作用逐渐减小，黄河改道后，大运河北段断航。近年来，国家对大运河部分河段进行了整治、扩建和渠化，新建了现代化的码头和船闸，航运条件大大改善。大运河继续发挥着重要的运输功能，并成为南水北调的东线工程。

运河沿岸繁荣的市井生活

部分参考答案

026 页

这首北朝民歌的前面两句诗“敕勒川，阴山下”点出了诗歌描绘的是阴山脚下敕勒平原的景象。阴山脚下的平原在哪里呢？阴山南部的河套平原是一块土地肥沃、水草丰美的好地方，适合放牧，有“塞上江南”之称。

065 页

虽然大林寺现在已经不见踪影了，但是从这首诗和一些历史资料里可以了解到大林寺之前是位于庐山大林峰上的一座寺庙。庐山的海拔接近 1500 米，大林寺的位置大概也要有 1000 多米高。山上和山下的海拔高度差会造成气温差，海拔每升高 100 米气温下降 0.6℃，大林寺里的温度大概比山下低 6℃。这就是寺里桃花开得晚的原因，也是我们会感觉山上比山下凉的原因。

081 页

投影仪中的镜头是凸透镜。凸透镜可以放大成像，我们利用凸透镜可以会聚光线放大成像的原理，将课件上的内容放大了，以便于座位在后面的同学也能看到。

097 页

顺风和潮汐推送都可以加快行船的速度。

107 页

“春风不度玉门关”的意思是春风吹不到玉门关外。春风为什么吹不到玉门关外呢？这是因为玉门关位于河西走廊的西端，四面是由戈壁、荒漠、河流、湖滩共同组成的自然地理环境，是比较明显的大陆性气候，各个方向距离海洋都非常远，而且受地形影响比较严重，暖湿气流从各个方向都很难到达。因此，玉门关外一直是荒漠苦寒之地。

诗词大有文化
圣贤豪杰

李江湖 编著 小种子童书馆 编绘

人民东方出版传媒
People's Oriental Publishing & Media
東方出版社
The Oriental Press

图书在版编目（CIP）数据

诗词大有文化. 圣贤豪杰 / 李江湖编著； 小种子童书馆编绘.
—北京：东方出版社，2022.7
ISBN 978-7-5207-2780-8

Ⅰ. ①诗… Ⅱ. ①李… ②小… Ⅲ. ①古典诗歌–诗歌欣赏–中国–青少年读物 Ⅳ. ①I207.2-49

中国版本图书馆CIP数据核字（2022）第078459号

诗词大有文化：圣贤豪杰
(SHICI DA YOU WENHUA：SHENGXIAN HAOJIE)

策划编辑：鲁艳芳
责任编辑：金　琪
出　　版：東方出版社
发　　行：人民东方出版传媒有限公司
社　　址：北京市西城区北三环中路6号
邮　　编：100120
印　　刷：小森印刷（北京）有限公司
版　　次：2022年7月第1版
印　　次：2022年7月北京第1次印刷
开　　本：710mm×1000mm　1/16
印　　张：8.5
字　　数：64千字
书　　号：ISBN 978-7-5207-2780-8
定　　价：168.00元（全4册）

发行电话：（010）85924663 85924644 85924641

目录

你有喜欢的明星吗？我相信一定是有的，他们身上仿佛有一种魔力让我们不自觉地去追随。在中国古代有许多圣贤豪杰，他们更是真正意义上的明星。他们有智慧、有力量，更是有着一腔爱国的赤诚。虽然时移事迁，但历史却记住了他们闪亮的名字，一代代人在传颂着他们精彩而热血的故事。我们读他们的故事，就是在读历史，就是在和历史上优秀的人交朋友，他们的品格、他们的信念、他们的选择，演绎出了一段段波澜壮阔、可歌可泣的故事。我相信，他们也会成为你喜欢的明星。

第一章

孔子

老师传授我们知识，引导我们学习和成长，他们是可爱可敬的人。在我国古代，有这样一位老师，他是老师中的代表，是老师们的榜样，被誉为“万世师表”，他就是孔子。孔子名丘，字仲尼，春秋时期鲁国人。他是我国古代著名的思想家、教育家、政治家，儒家学派的创始人。孔子提倡有教无类，创办私学，打破了贵族的教育垄断，让更多平民的孩子有了学习的机会。

古诗词中的孔子

经邹鲁祭孔子而叹之

［唐］唐玄宗

夫子何为者，栖栖一代中。
地犹鄹(zōu)氏邑，宅即鲁王宫。
叹凤嗟(jiē)身否(pǐ)，伤麟怨道穷。
今看两楹(yíng)奠，当与梦时同。

我来到孔子的故地祭奠他，想到他一生都是忙忙碌碌的。于是我在思考他这样做是为了什么呢？这里依旧是鄹县的城邑，可他的故居已经改建为鲁王宫了。孔子活着的时候曾经因为凤鸟不至，叹息自己的命运不济。看到麒麟被伤害了，他又感叹世乱道穷。如今

的孔子啊，受到世人的尊崇、祭奠，这样的情形应该和他当时的梦境相同吧！

解读

夫子，一般的敬称。这里指孔子。栖栖，忙碌不安的意思。

鄹［zōu］氏邑，鲁国邑名，即今山东邹县。孔子的父亲叔梁纥［hé］曾在此任大夫，是孔子生长的地方。

宅，住宅。鲁王宫，汉代鲁恭王的宫殿。

叹凤，《论语·子罕》中写道：“子曰：‘凤鸟不至，河不出图，吾已矣夫！’”

身否，即生不逢时的意思。否，闭塞、阻隔不通，引申指不顺达。

伤麟，哀公十四年春，西狩获麟，孔子往而观之，泣曰：“麟也，麟出而死，吾道穷矣！”孔子认为麒麟被获，自己将要死亡，于是绝笔，不再著述《春秋》。

梦时同，孔子感叹生前没有人尊崇他，梦中却殡在两楹之间受祭奠，恐怕会不久于人世了。如今孔子受人祭奠尊崇的情形，却真的与他当时的梦境相同。

唐玄宗（公元685—762年），即李隆基，唐朝的第六代君主。开元年间任用姚崇、宋璟、韩休、张九龄为相，治称太平。天宝后，任用李林甫、杨国忠为相，内宠杨贵妃，外宠边将，政治腐败。天宝十五年（公元756年），安禄山反叛，攻陷潼关，玄宗逃奔西蜀，长安、洛阳两京落入叛军之手。于是传位太子李亨，在位共计43年。唐玄宗通音律，崇尚经术，注意改革文风，恶华好实，对盛唐形成质朴的文风起了积极的作用。沈德潜称他的诗“开盛唐一代先声”。《全唐诗》录存其诗一卷。

开元十三年（公元725年），唐玄宗到泰山封禅，之后到曲阜孔子宅，祭奠孔子，写下了这首诗。诗中叹息孔子生不逢时的际遇，赞颂他一生的积极入世精神，字里行间表达了对孔子的敬意。

孔鲤过庭

孔鲤，是孔子的儿子。孔鲤出生的时候，鲁昭公派人给孔子送来一条鲤鱼以表示祝贺，孔子便给儿子取名孔鲤。因为孔鲤敬畏父亲，所以父亲在家时他会快步经过孔子所在的厅堂。有两次被孔子刚好碰到，问他是否学诗、学礼，孔鲤回答说没有学。于是，孔子教育他："不学诗就不懂得怎么说话，不学礼就不懂得怎样立身。"后来，人们就用"孔鲤过庭"来形容接受尊长的教诲。

孔子与三季人

有一天，孔子的学生子贡在门外扫地，这时候有个客人来到跟前，问道："你是谁啊？是孔夫子吗？"孔子的学生很自豪地说："我是孔子的学生！"这个客人听到对方是孔子的学生，便说道："我请教你一个问题，一年有几个季节？"

子贡一听，这么简单的问题啊，便不假思索地回答道："一年有四季，春夏秋冬。"这个客人摇摇头说："不对，一年只有三季。"

子贡说道："不可能，就是四季啊！"于是，两个人争论起来，双方各执己见，一直争论到快中午了。这时候孔子走了出来，学生看到了老师，心想这次赢定了，便赶紧上前问道："老师，一年有几季啊？"孔子先未作答，而是看了一眼客人，说道："一年有三个季节。"

子贡一听孔子的回答，一下子震惊了，客人则心满意足地走了。等客人走了之后，子贡迫不及待地问

孔子："老师，一年明明有四季，您为什么说只有三季啊？"孔子回答道："你没看到刚才那个人全身都是绿色的吗？他是蚂蚱，蚂蚱秋天就死了，没有见过冬天，所以你跟他说一年有三季他才会满意，否则你们吵多久也不会说服对方的！"

这就是孔子与三季人的故事，你从这个故事里得到了什么启发呢？

孔子因材施教

传说孔子学生有3000人，其中优秀的学生有72人，被称为"孔门七十二贤"。学生们的成长少不了孔子对他们的因材施教。

有一次，孔子讲完课回到自己的书房，学生公西华给他端上一杯水。这时，子路匆匆走进来，大声向孔子讨教："老师，如果我听到一种正确的主张，可以立刻去做吗？"孔子看了子路一眼，慢条斯理地说："总要问一下父亲和兄长吧，怎么能听到就去做呢？凡事要三思而后行，记住了吗？"子路听了孔子的教诲，认真地点点头。

等子路刚出去，另一个学生冉有悄悄走到孔子面前，恭敬地问："老师，我要是听到正确的主张应该立刻去做吗？"孔子马上回答："对，应该立刻实行，要果敢不要怕。"冉有点点头静静地离开了。

公西华听到孔子对两个同学的回答，觉得很奇怪，便忍不住问他："老师，一样的问题您的回答怎么相反呢？"孔子笑了笑说："冉有性格谦逊，办事犹豫不决，所以我鼓励他临事果断。但子路逞强好胜，办事不周全，所以我就劝他遇事多听取别人意见，三思而行。"

拓展阅读：《论语》中的至理名言

《论语》是孔子的弟子及再传弟子记录孔子及其弟子言行而编成的语录文集，集中体现了孔子的政治思想、教育原则、审美观点和道德伦理等。

下面从《论语》中选摘了一些名句，请你读一读，体会其中学习和做人的道理。

学而时习之，不亦说乎？有朋自远方来，不亦乐

乎？——《论语·学而》

不患人之不己知，患不知人也。——《论语·学而》

三军可夺帅也，匹夫不可夺志也。——《论语·子罕》

见贤思齐焉，见不贤而内自省也。——《论语·里仁》

岁寒，然后知松柏之后凋也。——《论语·子罕》

温故而知新，可以为师矣。——《论语·为政》

三人行，必有我师焉。择其善者而从之，其不善者而改之。——《论语·述而》

第二章

孟子

孔子创立儒家学派之后，儒学在孔子及其学生们的努力下，产生了很大的影响。战国时期，孔子的孙子孔伋［jí］有一个学生叫孟轲，孟轲在孔子学说的基础上进行了发展，主张性善论，宣扬仁政。他最早提出“民贵君轻”的思想，“民为贵，社稷次之，君为轻”，认为君主要爱护百姓，为政者要保障人民权利。孟轲是孔子之后儒家学派的代表，被称为孟子，与孔子并称“孔孟”。

古诗词中的孟子

孟母断机图

[元] 凌云翰

慈亲教子意何如，直至三迁始定居。
一自寒机初断后，经纶都在七篇书。

慈爱的孟母是怎么教导孟子的呢，她为了给孟子创造好的学习环境，搬了三次家。当孟子还是不能安心学习的时候，她便用剪刀剪断织布机上的布，以此告诫孟子不要荒废学业。从那之后，孟子开始奋发学习，他的满腹经纶都写在了《孟子》中。

解读

凌云翰，元末明初诗人。三迁，指孟母三迁。寒机初断，指孟母断机杼［zhù］的故事。七篇，指《孟子》，《孟子》一书共有七篇，是孟子言论的汇编，记录了孟子的治国思想、政治策略等，和《论语》一样，也是儒家经典。

孟母三迁

《三字经》中有“昔孟母，择邻处。子不学，断机杼”，讲的就是孟母三迁和孟母断机的故事。

孟子小时候很贪玩。他的家离墓地很近，孟子经常看人祭拜，看得多了他就和伙伴们一起玩起了祭拜、办理丧事之类的游戏。孟子的母亲看到这种情况，说道：“这样的环境不适合孩子居住。”于是，孟母带着小孟子搬家，这一次他们搬到了集市旁。可活泼的孟子闲不住，住了几天便学习做买卖的事情。孟母又说道："这个地方还是不适合孩子居住。"于是他们再一次搬家，搬到了学堂旁边，这一次孟子受到学堂里学习氛围的影响，便开始学习礼仪和知识。孟母很高兴，说道："这才是孩子该住的地方。"他们便在这里定居了下来，这就是"孟母三迁"的故事，说明了环境对一个人成长有着非常重要的影响。

孟母断机

孟子渐渐长大了，但他对待学习，有时候不是太用心，甚至经常逃学。有一次，孟子很早就从学堂回来了，孟母正在织布，她看到孟子逃学回来，并没有对孟子进行打骂教育，而是将织布机上织到一半的布给剪断了。她对孟子说："你的学业，就像这织布机上的布。你不认真学习，学业荒废了，就像我剪断这织布机上的布。"布没有织完就剪断了，这是非常可惜的事情，而学业不去完成，更是令人可惜的。孟母用这样的方式教育孟子，让孟子懂得了要坚持不懈，勤学苦读，才能做出一番成就。

成语故事：揠苗助长

《孟子》中出现了很多成语，比如揠［yà］苗助长的故事。揠，就是拔的意思，把苗拔起，以助其生长。

话说在宋国有一位农夫，他每天都要去看自己田里的禾苗。禾苗的生长需要一定的时间，可这个农夫却非常着急，总觉得禾苗长不高。他想来想去，想到了一个办法！于是，他到田里将禾苗一株一株地拔高，看着被拔高的禾苗，他高兴极了。等到他累得气喘吁吁地回家，得意地对家人说："今天可把我累坏了，我让田里的禾苗都长高了一大截呢！"

农夫的儿子听了，便跑到田地里去看，结果发现禾苗全都死了。后来人们用揠苗助长比喻违反事物发展的客观规律，急于求成，反而把事情弄糟。

拓展阅读：《孟子》中的名言警句

1. 天时不如地利，地利不如人和。——《孟子·公孙丑下》

有利于作战的天气、时令，比不上有利于作战的地理形势；有利的地理形势比不上作战中的人心所向、内部团结。

2. 得道者多助，失道者寡助。——《孟子·公孙丑下》

能施行“仁政”的君主，支持帮助他的人就多；不能施行“仁政”的君主，支持帮助他的人就少。

3. 富贵不能淫，贫贱不能移，威武不能屈。此之谓大丈夫。——《孟子·滕文公下》

富贵不能迷乱他的思想，贫贱不能改变他的操守，强权不能使他的意志屈服。这才称得上大丈夫。

4. 穷则独善其身，达则兼济天下。——《孟子·尽心章句上》

一个人在不得志的时候，就要洁身自好，注重提高个人修养和品德；一个人在得志显达的时候，就要想着把善发扬光大。

5. 老吾老，以及人之老；幼吾幼，以及人之幼。——《孟子·梁惠王上》

在赡养孝敬自己的长辈时不应忘记其他与自己没有亲缘关系的老人。在抚养教育自己的小孩时不应忘记其他与自己没有血缘关系的小孩。

6. 民为贵，社稷次之，君为轻。——《孟子·尽心章句下》

百姓最为重要，国家其次，国君为轻。

第三章

项羽

项羽，楚国人，他是楚国名将项燕的孙子。项羽九岁的时候，秦国灭了楚国。最终，秦始皇统一六国，建立了秦朝。项羽从小就立志推翻秦朝的统治，在叔叔项梁的教导下，天生具有军事才能的项羽很快成长为战场上的一名猛将。在与秦朝的决定性战役巨鹿之战中，项羽下令把渡河的船凿沉，把做饭的锅砸破，不给自己留退路，士兵们在项羽的鼓舞下，以一当十，赢得了胜利。这就是“破釜沉舟”的故事。秦灭亡后，项羽成为“西楚霸王”。

古诗词中的项羽

夏日绝句

［宋］李清照

生当作人杰，死亦为鬼雄。
至今思项羽，不肯过江东。

人生在世，活着的时候要做人中豪杰，即便是死了也要做鬼中英雄。谁是这样的英雄呢？项羽就是。项羽活着的时候横扫天下，即便兵败了也不肯渡江偷生，人们至今都还在怀念项羽的英雄气概。

解读

项羽和刘邦争夺天下，在垓［gāi］下展开了决战，项羽战败，最终自刎于乌江。李清照这首诗赞美了项羽不肯忍辱偷生的英雄本色。李清照，南宋女词人。她的丈夫赵明诚出任江宁知府时，城中发生叛乱，赵明诚临阵脱逃，李清照对丈夫这种行为感到非常羞愧。在路过乌江时，李清照想到兵败自杀的项羽，又想到了丈夫的懦弱，便写下了这首诗，表达了对项羽的敬佩和对丈夫的不满。

少年项羽

项羽从小在叔叔项梁的教导下读书、习剑。项羽读书和剑术学得都不认真，叔叔项梁很生气，项羽说：“读书识字能写出自己的名字就足够了，学习剑术只能和一个人对敌，我要学的话就学万人敌。”于是，项梁便开始教项羽万人敌——兵法。

相传，秦始皇到会稽游玩，乘着大船渡浙江，项羽和叔叔项梁一块去观看，项羽看着秦始皇说道："那个人，我可以取代他。"项梁听了吓一跳，赶紧捂住项羽的嘴，说："你不要胡乱说话，会被灭族的！"但项梁因此对项羽刮目相看。

成语故事：力能扛鼎

年轻的项羽和叔父项梁起兵反秦，为了扩大军队的力量，项梁派项羽去联络桓[huán]楚一起反秦。桓楚趾高气扬地对项羽说："我的院子里有一个大鼎，有千斤重，你要是能举起来，我就服你。"

项羽先让桓楚手下四名健壮的大汉一起举鼎，然而大鼎却像生了根似的丝毫未动。然后，他撩起衣襟，大步走到鼎前，握住鼎足，运起力气来大喝一声"起"。生根似的大鼎被高高举起，而且三起三落。桓楚被项羽的天生神力震撼到了，便满口答应跟随项羽起义。

成语故事：锦衣夜行

项羽率军占领咸阳城后，手下的有识之士便劝说项羽："咸阳处在关中要塞，土地肥沃，物产丰富，而且地势险要，您不如就在这里建都，这样有利于您奠定霸业。"

项羽听完后有点心动，可是一看眼前的咸阳城已被自己弄得残破不堪，于是，更加思念起故乡来。他对那个劝他的人说："人要是富贵了，就应该回到故乡去，让父老乡亲知道你如今是什么样子。要是富贵了还不回故乡，就好像是穿着漂亮的衣服在黑夜里行走，你的衣服再好也没有人看得见，有什么用呢！所以我还是要回到江东去。”

拓展阅读：象棋里的“楚河汉界”

玩过中国象棋的人都知道，在象棋棋盘上有“楚河汉界”，这个楚河汉界就是黑红双方的界限，你知道楚河汉界是怎么来的吗？这得从秦朝末年的楚汉争霸说起。历史上的楚河汉界是指河南省荥［xíng］阳市黄河南岸广武山的鸿沟，鸿沟是古代运河，战略地位非常重要。西楚霸王项羽和汉王刘邦曾在这里对峙，双方势均力敌，僵持不下，于是就约定将鸿沟作为楚汉双方的边界。后来，这个楚汉的边界演变到象棋的棋盘上形成了“楚河汉界”。

第四章

李广

李广，西汉时期的名将，秦朝名将李信的后代。李家的孩子世代都要学习射箭，李广很小的时候就学会了射箭，而且他天赋很高，成了一名神箭手。那个时候，北方的匈奴经常南下侵扰百姓，李广参军抗击匈奴，开启了他的军旅生涯。李广从军四十多年，与士兵同甘共苦，经历过大大小小的战斗上百次，所向披靡。匈奴见到他就像见到老虎一样害怕，听到他的名字都要吓得逃走，人们称他为“飞将军”。

古诗词中的李广

和张仆射塞下曲

［唐］卢　纶

林暗草惊风，将军夜引弓。

平明寻白羽，没（mò）在石棱中。

昏暗的树林中疾风吹动着草木，可能是猛兽要来了。李将军在夜幕中搭箭拉弓，射杀猎物。天太黑了，人们找不到被射中的猎物，只有等到天亮时再去寻找。猛然发现，昨晚射出的白羽箭，居然深深地插到了石头中！

解读

平明，天刚亮的时候。白羽，箭杆后部的白色羽毛，这里指箭。卢纶，唐代诗人，大历十才子之一。这首诗选自《和张仆射塞下曲六首》，诗的内容取材于飞将军李广射石头的故事，在这首诗中，向我们展开了一幅生动的将军夜猎图：天色已晚，疾风刮来，可能是猛兽来了，在这紧张的氛围中，我们的将军从容地拉开弓箭，却不小心用神力将箭射进了石棱中。诗只有短短的四句，却在这戏剧般的一幕中，成功地塑造了一个威武将军的形象，叫人拍案叫绝。成语“没石饮羽”就是源自于此，后来人们用这个成语来比喻功力精湛。

爱兵如子的飞将军

李广为官清廉，爱护士兵，得到了赏赐就分给自己的部下。日常起居也不搞特殊，吃的喝的和士兵一样。他做二千石俸禄的官共四十多年，家中也没有多余的财物。李广带兵，有时会遇到缺粮断水的情况，每次找到了水源，只要有士兵还没有喝到水，李广就不去喝水；如果有士兵还没吃上饭，李广就一口饭也不吃。正是因为李广对士兵的爱护，所以士兵们也都爱戴他，听从他的号令。唐代诗人高适在《燕歌行》中称赞李广：

君不见沙场征战苦，至今犹忆李将军。

李广未封

李广一生战功卓著，很多功劳不如他的人都被封侯，但李广却没有被封侯。对于这一点，历代文人对此颇有感慨。人们常以“李广未封”“李广不侯”“李广难封”慨叹功高不爵，命运乖舛 [chuǎn]。唐代诗人王勃就曾在《滕王阁序》中写道：

冯唐易老，李广难封。

后悔杀降

李广曾和星象家王朔私下闲谈，说：“自从攻打匈奴以来，我没一次不参加，各部队校尉以下军官，才能并不怎么突出，却已经有几十人被封侯。我不比别人差，却没有封侯，这是什么原因，难道是我天生就不该被封侯吗？”

王朔说：“将军回想一下，曾有过悔恨的事吗？”李广说：“我任陇西太守的时候，羌人反叛，我诱骗他们投降，有八百多降兵，我用欺诈手段把他们杀光了。直到今天我最大的悔恨只有这件事。”王朔说：“能使人受祸的事，没有比杀死已投降的人更大的了，这也就是将军不能封侯的原因。”

桃李不言，下自成蹊

“桃李不言，下自成蹊”这个成语常常用来形容为人真诚笃实，自然能感召人心。其实这个成语最初是司马迁夸赞李广的，原意是说李广不善言辞，生性耿直诚实，却因为自己的高尚品格赢得了人们的崇敬，就像这桃树、李树不会说话，但因其花朵美艳，果实可口，人们纷纷去摘取，于是便在树下踩出一条路来。

第五章

司马迁

我们阅读的历史，都是用文字记录下来的，这些记录历史的文字是谁来负责的呢？在我国古代有一个古老的职业叫太史令，是专门记录和编写历史的人。西汉的时候，有一个叫司马迁的太史令，他以“究天人之际，通古今之变，成一家之言”的态度创作了中国第一部纪传体通史《史记》。《史记》记载了从上古传说中的黄帝时期，到汉武帝元狩元年，长达3000多年的历史，被公认为我国史书的典范、“二十五史”之首。

古诗词中的史记

杂 诗

［宋］陈 瓘(guàn)

床头史记千番纸，世上兴亡一窖(jiào)尘。
惟有炳然周孔道，至今余泽浸生民。

放在床头的《史记》记录着历朝历代的故事，千年的兴亡巨变，在后人看来就像一穴尘埃。能留下的只有光明的周孔之道，至今仍然能够惠泽百姓。

解读

陈瓘，北宋人。一窖尘，一穴尘埃，这里指人世一切皆如一窖尘土，终至全消失。炳然，光明的样子。周孔道，指周孔之道。周孔之道是周公、孔子倡导的社会运行方式。周公，西周时期卓越的政治家、军事家、思想家、教育家，是儒学奠基人。孔子，春秋时期卓越的思想家、教育家，儒家学派的创始人。

立志写史的司马迁

司马家世代都是从事记录的工作，司马迁的祖先是周朝的太史。司马迁的父亲司马谈，就是一位太史令。司马谈博学多才，非常注重培养司马迁的史学和文学素养。在父亲的影响下，司马迁 10 岁就阅读古代的史书。父亲还为他找到了全国名师孔安国，司马迁勤奋好学，在名师的教导下进步很快。俗话说，“读万卷书，行万里路”，司马迁的学习不仅在书本上，他还到全国各地游历，增长见识。这些经历都为日后他写《史记》开阔了眼界，积累了素材。司马谈临终的时候，希望司马迁编著一部贯通古今的史书，将因为战乱中断的历史重新记录。听到父亲的话，司马迁流着泪向他保证，一定会把父亲编写史书的计划完成。

正直敢言的司马迁

父亲死后，司马迁接过父亲的工作。他阅读了大量的藏书，同时向文武百官了解先辈的事迹，着手撰写《史记》。就在这个时候，一件祸事发生在了司马迁身上。将军李陵屡立战功，他自愿带五千精兵征讨匈奴，与十倍于自己的匈奴兵激战，最终因孤立无援，兵败投降。汉武帝认为李陵应战死沙场，而不该投降。文武百官纷纷落井下石，斥责李陵。只有正直的司马迁认为李陵已经尽力了，他是万不得已才“诈降”，以后会找机会报效朝廷的。汉武帝认为司马迁在为李陵辩护，司马迁因此被下狱并接受了残忍的刑罚。

逆境中的司马迁

身心饱受摧残的司马迁一度想要自杀，但他想起父亲的遗愿，又以历史上有成就的孔子、屈原、左丘明、孙膑、韩非子等人的事迹鼓励自己。他在给朋友任安的一封回信中写道：

文王拘而演《周易》；仲尼厄而作《春秋》；屈原放逐，乃赋《离骚》；左丘失明，厥［jué］有《国语》；孙子膑脚，《兵法》修列；不韦迁蜀，世传《吕览》；韩非囚秦，《说难》《孤愤》……

意思是西伯姬昌被拘禁而扩写《周易》；孔子受困窘而作《春秋》；屈原被放逐，才写了《离骚》；左丘明失去视力，却写了《国语》；孙膑被截去膝盖骨，却写出了《兵法》；吕不韦被贬谪蜀地，后世却流传着《吕氏春秋》;韩非被囚禁在秦国，写出《说难》《孤愤》……

正是心中有着理想和信仰，司马迁才在逆境中坚持了下来，最终完成了被鲁迅誉为“史家之绝唱，无韵之离骚”的《史记》。

拓展阅读：田忌赛马

在《史记》中有一个田忌赛马的故事，故事的主角是田忌、孙膑和齐威王。

齐国的大将田忌很喜欢赛马。有一回他和齐威王约定，进行一次比赛。

他们把各自的马分成上、中、下三等。比赛的时候，上等马对上等马，中等马对中等马，下等马对下等马。由于齐威王每个等级的马都比田忌的强，三场

比赛下来，田忌都失败了。田忌觉得很扫兴，垂头丧气地准备离开赛马场。

田忌的好朋友孙膑也在人群里。这时，孙膑招呼田忌过来，拍着他的肩膀说："从刚才的情形看，大王的马比你的马快不了多少呀……"孙膑还没有说完，田忌看了他一眼，说："想不到你也来挖苦我！"孙膑说："我不是挖苦你，你再同他赛一次，我有办法让你取胜。"

田忌疑惑地看着孙膑："你是说另换几匹马？"孙膑摇摇头，说："一匹也不用换。"田忌没信心地说："那还不是照样输！"孙膑胸有成竹地说："你照我的主意办吧。"

齐威王正在得意扬扬地夸耀自己的马，看见田忌走过来，便讥讽田忌："怎么，难道你还不服气？"田忌说："当然不服气，咱们再赛一次！"齐威王轻蔑地说："那就来吧！"

一声锣响，赛马又开始了。孙膑让田忌用下等马对齐威王的上等马，第一场输了。接着进行第二场比赛，孙膑让田忌拿上等马对齐威王的中等马，胜了第二场。齐威王有点慌了。第三场，田忌拿中等马对齐威王的下等马，又胜了一场。这下，齐威王目瞪口呆了。

结果，田忌胜两场输一场，赢了齐威王。

还是原来的马，只调换了一下出场顺序，就可以转败为胜。

第六章

苏武

在我国古代，中原王朝与西域少数民族之间既有战争，也有友好往来、互通有无的时候。每当国与国之间需要沟通时，就会互派使臣进行联络，这就是古时候的外交官。西汉时期，有一位外交官代表国家出使匈奴，其间遇到了各种曲折和磨难，但他不畏艰辛、不畏强暴，始终保持自己的气节。他的浩然正气，激励着无数仁人志士，这位名垂千古的民族英雄就是苏武。

古诗词中的苏武

塞(sài)下曲（节选）

［唐］张仲素

阴碛(qì)茫茫塞草肥，桔槔(jié gāo)烽上暮云飞。
交河北望天连海，苏武曾将汉节归。

塞外茫茫的沙漠中，野草却长得非常肥美。黄昏的时候，天边的云朵带着几分塞外的豪气在烽火台上空飘动。我在交河城向北望去，只见辽远的天空不断向远处延伸，天的尽头连接着北海，苏武就曾从那里持着汉节归来。

解读

张仲素，唐朝诗人。阴碛，塞外的沙漠。桔槔烽，即烽火台。交河，地名，在今新疆吐鲁番市，是唐朝的重镇。北海，指今俄罗斯的贝加尔湖。节，汉天子所授予的符节，凡持有节的使臣，就代表皇帝亲临，象征皇帝与国家，可行使权力。张仲素的这首《塞下曲》描写了一幅塞外风光图，在他朝着北方遥望的时候，不由得想起了汉代的苏武。这位杰出的外交家不辱使命，他的光辉形象，成为无数爱国人士的信仰。

出使匈奴

苏武是汉武帝的侍从，受提拔后升为移[yí]中厩[jiù]监，这是一个管理马厩的官职。那时候的汉朝，与西域匈奴等部落频繁交战，有时因为误会，还会扣押对方的使臣。天汉元年（公元前100年），且鞮[dī]

侯单[chán]于继位，他担心汉朝出兵攻打匈奴，便向汉武帝称臣，送回被扣押的汉使。汉武帝很高兴，愿意送回扣押在汉朝的匈奴使臣。就在这时，苏武被汉武帝提拔为中郎将，出使匈奴。那一年，苏武40岁。与苏武同行的还有副使张胜、属员常惠等100多人。在经过漫长的旅程后，苏武抵达匈奴，完成了自己的外交使命。本以为可以如期返程，但一个意外打破了苏武原本的行程，甚至改变了他的后半生。

被匈奴扣留

匈奴部落的缑[gōu]王和汉人虞常想在匈奴内部谋反，也就在这时，苏武一行来到了匈奴。虞常和副使张胜是老朋友，虞常便对张胜说，他要杀死投奔匈奴的叛徒，希望在汉武帝那里得到封赏，张胜答应了。可这场谋反走漏了消息，缑王被杀，虞常被活捉。张胜知道后吓坏了，赶紧将自己许诺虞常的事情汇报给了苏武。苏武觉得事已至此，肯定会牵连到自己，到时不仅受辱，还会给国家丢脸，与其这样，不如自杀。

张胜、常惠赶紧制止了苏武。单于知道汉使牵连叛乱的事后，便想招降他们。苏武坚决不投降，拿出佩刀刺向自己，人们赶紧对苏武进行救治。张胜在匈奴的威逼下投降了，可苏武还是不投降。单于只能将他囚禁在一个寒冷的空地窖里，不给他吃的东西，苏武用雪裹着毡毛充饥，过了很多天都没有饿死。匈奴人非常吃惊，以为苏武有神灵保佑。单于决定把苏武流放到边远的北海，让苏武放牧公羊，等到公羊生了小羊才准许苏武回汉朝。

牧羊北海

北海（今俄罗斯贝加尔湖一带），是一个遥远又荒凉的地方，人烟稀少，环境艰苦。苏武到了北海后，没有粮食，只能挖野鼠收藏的草籽充饥。他每天紧紧握着汉节牧羊，连睡觉都拿着，以致系在节上的牦牛尾毛日渐脱落。这样的日子，一过就是五六年。有一天，单于的弟弟於靬［wū jiān］王到北海打猎，他很敬重苏武，便给苏武衣服、食物。三年后，於靬王病重，赏赐给苏武一些马匹、牛羊和陶罐、帐篷。於轩王死后，他的部下也都撤离了北海。不久，丁令部落盗去了苏武的牛羊，苏武又陷入穷困的境地。

回归汉朝

李广的孙子李陵出征匈奴，兵败投降。单于便派李陵到北海置办酒宴劝降苏武，苏武拒绝了，他说愿意以身报国，李陵哭着离开了。后来，李陵再次来到北

海，告诉苏武汉武帝驾崩的事情，苏武面向南方大哭。此后，每天早晚都要哭吊汉武帝，这样持续了几个月。公元前 81 年，汉朝和匈奴议和，两国恢复了和亲和往来。阔别汉朝 19 年的苏武，终于回来了！此时，他的头发胡须都白了。但他的故事却流传千古，他的精神永远熠熠生辉。

拓展阅读：苏武手中的汉节

苏武出使匈奴手中拿的符节，是用牦牛尾作装饰的一种凭证。汉节通常以黄杨木作柄，顶端弯曲，雕刻着龙头，龙头下分层系着几缕牦牛尾，这种汉节是国家与皇帝的象征。

［宋］李迪《苏武牧羊图》

第七章

武则天

在我国历史上，女子掌权的现象并不少见。比如汉代的吕后、清代的慈禧太后等。但女子称帝做女皇的却只有一个人，她就是唐朝女皇武则天。武则天，自名武曌［zhào］，她是唐朝开国功臣武士彟［yuē］的次女。14 岁那年，武则天被唐太宗选入宫，封为才人，赐名“武媚”。唐太宗死后，她被送到感业寺做了尼姑。唐高宗李治即位后不久，将 26 岁的武媚娘重新招入宫中，第二年她被封为昭仪。高宗永徽六年（公元 655 年），武则天被立为皇后，号“天后”，与高宗并称“二圣”。公元 690 年，武则天废睿宗，自称皇帝，改国号为周，成为我国历史上第一位也是唯一一位女皇帝。

如意娘

［唐］武则天

看朱成碧思纷纷，憔悴支离为忆君。
不信比来长下泪，开箱验取石榴裙。

因为思念心上人，我整天魂不守舍，面容憔悴了，精神恍惚到将红色看成了绿色。我近来因为思念流下的眼泪早就把石榴裙都沾染得泪痕斑斑了，不信的话就打开箱子看看我说的是不是真的。

解读

如意娘，商调曲。支离，形容面容憔悴，精神散漫，身体衰弱。比来，近来。石榴裙，唐代年轻女子极为青睐的一种服饰，这种裙子色如石榴，不染其他颜色，往往使穿着的女子俏丽动人。在《全唐诗》中收录的武则天的诗，多为庙堂祭享之作，展现的是她豪情的一面。但作为女皇的武则天，也有柔情似水的一面。这首《如意娘》就是武则天在年轻时写的一首感情细腻、刻骨铭心的情爱诗篇，诗中描写了一位痴情女子对情郎的期盼。

创立武举、选贤任能

武则天在位的时候，创立了武举制度。在创立武举制度之前，朝廷武官的选拔和任命都是靠官员的推荐，这就导致了任人唯亲的情况，很多没有关系的习武之人也没有机会。创立了武举制度之后，不再问出身来历，或者是否有靠山，只要习武之人能够在考试中胜出，就有机会做官，这就让很多出身寒微的人有了机会。

武则天选拔了不少贤才，有效地促进了社会经济发展。正因为人才济济，武则天当朝时号称“君子满朝”。我们熟知的狄仁杰，就是因为政绩突出，被武则天破格提拔，从一般的官员升到首席宰相的位置。

酷吏当道

武则天在政治上颇有作为，她开创殿试、武举及试官制度，又积极奖励农桑，改革吏治。但她为了稳固自己的政权，杀害了许多唐朝宗室，兴起“酷吏政治”，官员们互相监督、告密，被告者会遭受酷吏们的严刑拷打，搞得人人自危。此外，武则天还设立了铜匦[guǐ]，即铜匣子，置于洛阳宫城前，由专职官员管理，分为延恩匦、招谏匦、申冤匦、通玄匦，便于言路畅通，下情上达。

武则天与骆宾王

唐高宗死后，武则天废黜唐中宗，改立唐睿宗，依然将朝政掌握在自己的手中。徐敬业起兵恢复唐室，“初唐四杰”之一的骆宾王前去投奔，他给徐敬业写了一篇讨伐武则天的檄文，名字叫作《为徐敬业讨武曌檄》，这篇檄文传布天下，怒斥武则天的罪行。武则天见到这篇檄文后，非常吃惊，问身边的人：“这是谁写的？”有人告诉她是骆宾王写的，武则天说：“有这样的才能而不被任用，这是宰相的过失啊！”

无字碑

武则天死后和唐高宗合葬在西安乾陵，在陵前并立着两块巨大的石碑，西侧的叫“述圣碑”，是武则天为高宗歌功颂德而立的石碑，东侧的是武则天的“无字碑”。作为历史上第一位女皇帝，武则天一生的功过是非，没有写到石碑上，而是留给后人评说。

拓展阅读：香山赋诗夺锦袍

武则天不仅是杰出的女政治家，还是一位才华卓越的文学家，《全唐诗》收录有她创作的诗歌 46 首。她非常喜欢洛阳南部的龙门，常到清幽的龙门香山寺游览。有一年春天，武则天率领群臣在香山寺搞了一次诗词大会。她让群臣比赛写诗，由上官婉儿做裁判，胜出者能得到锦袍一件。为了得到奖赏，大臣们一个个提笔在手，绞尽脑汁，开始写起诗来。

左史东方虬［qiú］第一个交卷，他写的是《春雪》：

春雪满空来，触处似花开。

不知园里树，若个是真梅。

武则天一看，写得又快又好，就立刻把锦袍赐给了东方虬。

过了一会儿，大臣们都交卷了。上官婉儿逐一做了评判。当看到宋之问的《龙门应制》时，上官婉儿眼前一亮，评价说：写得真好！

宋之问写的这首诗共 42 句，记述了武则天访问龙门佛寺的事情，文辞华美，尤其诗的最后几句：

先王定鼎山河固，宝命乘周万物新。

吾皇不事瑶池乐，时雨来观农扈春。

把武则天的游玩写成了深入基层考察民情，对武则天进行了极大的赞美。上官婉儿看后，让武则天过目。武则天看后赞不绝口，并大声朗读给群臣听，大家听了都说好。武则天让上官婉儿将锦袍从东方虬手里收回，赏赐给宋之问。而“香山赋诗夺锦袍”，也成为诗坛上的一段佳话。

第八章

文成公主

在我国的历史中，有很多公主下嫁番邦国家和亲的故事。其中，历史影响最大的就是唐朝的文成公主。吐蕃，就是现在的西藏，是西藏有文字记录的第一个王朝。在西藏的拉萨，有一条通往长安的道路——唐蕃古道。唐代的文成公主就是沿着这条古道嫁到吐蕃，成为松赞干布的王后。这一次汉藏联姻，促进了民族团结，特别是对藏族经济、文化等方面的发展，起到了积极的作用。当时汉族的纺织、建筑、造纸、酿酒、制陶等先进生产技术，以及儒家书籍、历法、医药等都陆续传入了藏族地区。

古诗词中的公主和亲

陇西行

［唐］陈 陶

xiá lǔ
黠虏生擒未有涯，黑山营阵识龙蛇。
自从贵主和亲后，一半胡风似汉家。

唐朝的军队与吐蕃的军队在黑山对峙，结营布起了一字长蛇阵，激战后将敌人生擒活捉，可战争是没有止境的。自从文成公主和亲嫁到吐蕃后，交流取代了战争，许多藏民的生活都和汉民相似了，他们的生活得到了很大的改变。

解读

陇西行，汉乐府旧题，内容主要写边塞战争。唐代诗人陈陶以《陇西行》为题创作了四首绝句，名为《陇西行四首》，这里选的是第四首。

黠虏，狡猾的敌人，这里指西北边境部族。有涯，有边际、有限。黑山，中国古代战场名，在今天内蒙古境内。本诗通过公主和亲这一历史事件，表达了唐朝和吐蕃通过政治联姻实现和平的目的，“一半胡风似汉家”向我们展现了一幅民族融合的和谐画卷。陈陶《陇西行四首》均以唐朝边塞战争为主题，其中第二首写道：

誓扫匈奴不顾身，五千貂锦丧胡尘。

可怜无定河边骨，犹是春闺梦里人。

一场惨烈的战斗，将士们壮烈牺牲，最终变成那无定河边暴弃的粼粼白骨，可还是妇人们春闺里思念的梦中人。这首诗深刻描写了边塞战争给人民带来的痛苦和灾难，寄托了诗人对和平安定生活的渴望。

文成公主入藏

唐太宗贞观十五年（公元 641 年），唐太宗将文成公主下嫁吐蕃王朝的国君松赞干布。文成公主原本是唐太宗李世民一个远亲李姓王侯的女儿，人长得端庄秀美，又饱读诗书。太宗将她封为“文成公主”，经过两个多月的准备，于贞观十五年冬天，在礼部尚书江夏郡王李道宗的带领下，一支规模很大的送亲队伍护送公主前往吐蕃成亲。这支送亲队伍，除了携带着丰盛的嫁妆，还带有大量书籍、药方、医疗器械、乐器、

绢帛和作物种子；组成成员除文成公主的陪嫁侍婢外，还有一批文士、乐师、农技人员等，几乎就是“文化访问团”和“农业科技团队”。文成公主为落后的吐蕃带去了很多先进的文化和技术，汉文化入藏成为吐蕃文明进程中的里程碑。

和亲带来藏族地区的改变

文成公主入藏后，唐朝先进的科技很快在吐蕃地区传播。比如汉族的先进耕作方式，使吐蕃地区种植青稞、小麦、豌豆等农作物的产量得到了提高；纺织技术的传授，使吐蕃人开始大规模养蚕、缫丝，丝织业有了很大发展；中原土木建筑技术的传入，使吐蕃的建筑业有了进步和发展。拉萨大昭寺的飞檐重阁、石狮装饰等建筑风格与内地唐朝的寺庙如出一辙。汉族工匠为藏民安置水磨，节省了大量的劳动力。除此之外，唐朝的冶金、农具制造、碾米、酿酒、造纸等技术在吐蕃地区流行推广，对吐蕃经济发展起到了重要作用。

在文化方面，文成公主入藏后，在松赞干布的倡导下，吐蕃人学习唐朝文化，后来很多吐蕃的子弟精通汉藏两种文字。藏族历法、医学也受到了汉族文化的积极影响。在风俗习惯方面，很多藏民看到汉族的衣服华美，也学习中原人的衣着打扮。

世界上海拔最高的宫殿城堡：布达拉宫

布达拉宫，坐落在西藏自治区首府拉萨的玛布日山上，最初是吐蕃王朝赞普松赞干布为迎娶文成公主而兴建，是目前世界上海拔最高，集宫殿、城堡和寺庙于一体的宏伟建筑，也是西藏最庞大、最完整的古代宫堡建筑群。布达拉宫依山垒砌，群楼重叠，殿宇巍峨，气势雄伟。主体建筑分为白宫和红宫两部分。宫殿高 200 余米，外观 13 层，内为 9 层。布达拉宫前有布达拉宫广场，是世界上海拔最高的城市广场。

我国发行的第 5 套人民币 50 元纸币背面以布达拉宫图案为背景。

拓展阅读：《步辇图》

关于文成公主和亲这一重大事件，唐王朝有相关历史文物传世，最著名的是现藏于故宫博物院的《步辇［niǎn］图》。这幅《步辇图》原为唐代画家阎立本所画，现存的是宋代的摹本。步辇就是古代一种用人抬的代步工具，类似轿子。表现的是贞观十四年（公元640年），吐蕃使者禄东赞到长安求聘公主，受到唐太宗接见的场景。

仔细观察下图，你能猜出来左边三人中哪位是吐蕃使者禄东赞吗？

第九章

岳飞

岳飞，字鹏举，河南汤阴县人，出身于一个农民家庭。岳飞从小就立志报效国家，20 岁时从军。他武艺高强、能征善战，在军中屡立战功，很快就成为一支军队的将领。那个时候，南宋一直遭受金国的侵略，岳飞力主抗金，收复了建康、襄阳等被金军侵占的地方。后来，由于宋高宗赵构与奸臣秦桧力主和议，发出十二道金牌让岳飞退兵，北伐中的岳飞被迫班师回朝，最终以“莫须有”的罪名被杀害。岳飞虽然没有实现收复中原的愿望，但他的事迹可歌可泣，激励了一代又一代人。

古诗词中的岳飞

满江红·写怀

［宋］岳　飞

怒发冲冠，凭阑处、潇潇雨歇。
抬望眼、仰天长啸，壮怀激烈。
三十功名尘与土，八千里路云和月。
莫等闲、白了少年头，空悲切。
靖康耻，犹未雪。
臣子恨，何时灭。
驾长车，踏破贺兰山缺。
壮志饥餐胡虏肉，笑谈渴饮匈奴血。
待从头、收拾旧山河，朝天阙。

岳

一场急骤的雨刚停歇，我站在栏杆旁边，望着远方，想到自己戎马半生，想到祖国大好河山被敌人占据，禁不住怒发冲冠。在我三十年的军旅生涯中，没有创下什么功业，八千里的征途只有云和月伴着孤独的我。所以我要珍惜年华，不能等到老去的时候才后悔。

每当我想到靖康之耻，作为一个臣子，内心就无比愤懑［mèn］。我只希望驾着战车将敌人在贺兰山的营垒捣毁！战士们同仇敌忾［kài］，奋力拼杀，饿了就吃敌人的肉，渴了就喝敌人的血。我发誓要把敌人占据的土地收回来，再回京阙向君王报捷。

解读

怒发冲冠，头发直竖顶起帽子，形容非常生气的样子。阑，指栏杆。潇潇，形容雨势急骤。长啸，大声呼叫。壮怀，豪壮的胸怀。等闲，轻易、随便。

靖康耻，靖康二年（1127年）金国南下攻取北宋都城东京，掳走徽、钦二帝，导致北宋灭亡的历史事件，又称靖康之乱、靖康之难、靖康之祸。

胡虏，秦汉时称匈奴为胡虏，后世通称与中原敌对的北方部族。朝天阙，朝见皇帝。

《满江红》是南宋抗金将领岳飞所作。词的上片写岳飞对中原沦陷的悲愤，同时表达自己要珍惜机会，继续努力建功立业的心愿。下片写出了希望祖国统一的殷切愿望。全词慷慨激昂，体现出岳飞的英雄气概和乐观精神，他的爱国之情跃然纸上，让读者感受到一种豪放和震撼。

“精忠报国”：父母的良好教育

传说岳飞出生的时候，有一只大鸟在屋子上空一边飞一边叫，所以父母给他取名岳飞，字鹏举。岳飞小时候，父母亲给了他很好的教育。虽然岳家世代务农并不富裕，但他的父亲岳和却常常节省自家粮食周济比他们困难的人。

岳飞少年时就力大无比，能拉开三百多斤的大弓，架上八石重的硬弩。他勤奋好学，熟读《左氏春秋》和《孙子兵法》，他向名师周同学习射箭，完全掌握了他的箭术精要，能左右开射。周同死后，岳飞每月初一和十五都到周同墓前祭奠。父亲岳和认为儿子这样做很仁义，对他说道：“你如果将来能够为国效力，应该会为国家、为正义而献身吧！”

靖康元年，从平定军突围回家的岳飞见到金人入侵后百姓惨遭杀戮，想再度投军，又担忧年迈的老母亲和妻儿在战乱中难以保证安全。这时，岳母深明大义，不仅没有阻拦儿子，还在儿子背上刺下“精忠报国”四个大字，激励岳飞全力报效国家。

岳家军

岳飞足智多谋，善于用兵，他在谈论兵法时曾说“运用之妙，存乎一心”。他治军严格，军令如山，赏罚分明。在岳飞严格的训练下成就了一支英勇的军队，被人们称为“岳家军”。岳家军秉承“冻死不拆屋，饿死不打掳”的原则，绝不侵扰百姓，行军的时候即便露营也不到百姓家借宿，因此深受百姓的爱戴。岳家军骁勇善战，经常大败金军，金军统帅金兀术［wù zhú］一直想找机会消灭岳家军。

有一次，金兀术听说岳飞驻扎在郾［yǎn］城，手下只有少量的步兵和轻骑兵，他认为这是一个好机会，便带领他的铁塔兵和拐子马来进攻郾城。铁塔兵都是万里挑一的大汉，头戴铁盔、脸罩铁网、身披铁甲、脚穿铁鞋，就连坐骑也都全身披有铁甲，只有四条腿要奔跑，才不得不露出来。拐子马是跟铁塔兵配合作战的左右两翼轻骑兵。有了这样配备精良的队伍，金兀术信心满满。

可金兀术却低估了岳家军的实力，岳飞指挥儿子岳云率军应战，士兵们用盾牌护住身体，然后用快刀对着铁塔兵的马腿，噼里啪啦地砍过去，铁塔兵一个个从马背上摔了下来。就这样双方激战到天黑，岳家军大胜，追杀金军几十里。正是因为岳家军的势不可挡，才有了金军“撼山易，撼岳家军难”的评语。

拓展阅读：岳飞的诗词

池州翠微亭

经年尘土满征衣，特特寻芳上翠微。
好水好山看不足，马蹄催趁月明归。

注释：

经年，常年。征衣，这里指战衣。特特，指马蹄声。寻芳，游春看花。看不足，即看不够的意思。

小重山

昨夜寒蛩不住鸣。惊回千里梦、已三更。
起来独自绕阶行。人悄悄、帘外月胧明。
白首为功名。旧山松竹老、阻归程。

欲将心事付瑶琴。知音少、弦断有谁听。

注释：

小重山，词牌名。寒蛩[qióng]，秋天的蟋蟀。月胧明，月光不明。白首，白发。功名，指为驱逐金兵的入侵，收复失地而建功立业。旧山，故乡。瑶琴：用玉装饰的琴，或指音色优美的琴。知音，传说伯牙弹琴，在旁听琴的钟子期能十分准确地理解音乐的含义。钟子期死后，伯牙认为没有人比钟子期更懂得他的音乐，因此不再弹琴。后来用“知音”比喻知己。

第十章

文天祥

“人生自古谁无死？留取丹心照汗青。”这两句诗的意思是说自古以来没有谁能够长生不死，而我要选择舍生取义，留下爱国的忠心映照史册。这两句著名的诗是南宋末年的抗元英雄文天祥所写，古往今来激励着无数爱国志士，成为砥砺民族气节的座右铭。文天祥，南宋诗人和抗元名臣。文天祥生活的时代，是蒙古统治者向南宋进犯的时候，南宋与蒙古统治者展开了长达数年的战争，文天祥就是在国家危难的时候挺身而出，抵抗蒙古的入侵，后来被敌人抓住，最终从容就义，谱写了可歌可泣的壮丽诗篇。

古诗词中的文天祥

过零丁洋

［宋］文天祥

辛苦遭逢起一经，干戈寥落四周星。
山河破碎风飘絮，身世浮沉雨打萍。
惶恐滩头说惶恐，零丁洋里叹零丁。
人生自古谁无死？留取丹心照汗青。

我自幼刻苦读书，历尽辛苦才由科举考试入仕做官。如今，在这战火频繁的战争中度过了四个年头。祖国的大好河山被敌人侵占，大宋的江山如同风中的柳絮，无依无靠。而战乱下的个人，飘摇坎坷的身世就像雨中的浮萍，浮沉不定。在惶恐滩撤退的时候，我的心中惶恐不安。眼下被俘，路过零丁洋，我又不

禁感叹孤苦无助。自古以来有谁能够长生不死呢？即便是死，我也要留下一片爱国的丹心映照史册。

解读

零丁洋，一般指伶仃洋。伶仃洋位于今广东珠江口外，为一喇叭形河口湾，又称零丁洋、珠江口。遭逢起一经，指自己由于熟读经书，通过科举考试，被朝廷选拔后入仕做官。一经，古代科举考试中，考生要选考一种经书。干戈，两种兵器，干为防具，戈为武器，“干戈”常用来作兵器的通称，后来引申为战争。四周星，指四年。从德祐元年（1275 年）正月起兵抗元到被俘虏恰好是四年。山河破碎风飘絮，大宋国危亡如风中柳絮。写此诗后 20 天，设在崖山的南宋流亡朝廷覆灭。萍，浮萍。惶恐滩，在今江西万安赣江中，流水湍急，极为险恶。景炎二年（1277 年）文天祥兵败后，所率军队死伤惨重，妻子儿女也被元军俘虏，他经惶恐滩撤到广东。零丁，孤苦无依的样子。汗青，古代在竹简上写字，先以火炙烤竹片，以防虫蛀，因为竹片水分蒸发如汗，故称书简为汗青，这里特指史册。

《过零丁洋》是文天祥被元军俘虏后的第二年(1279年）正月过零丁洋时所作。这是一首大义凛然的正气歌，诗中叙述国家和个人的种种遭遇，饱含着文天祥的爱国主义激情，抒发了以身殉国的决心和崇高的民族气节，具有很强的艺术感染力。

父亲的教导

文天祥的父亲文仪学识渊博，名闻乡里。文仪十分重视孩子的教育，对文天祥的要求非常严格。为了拓展文天祥的学识，他聘请了乡中名儒教导文天祥，后来因为家庭经济困难，又亲自担任老师给文天祥上课。文仪非常重视对学习内容的理解，还经常提问题，让文天祥思考。在父亲的悉心教导下，文天祥的进步很大，二十岁时参加科举考试就高中状元。

临危受命

在蒙古建立元朝后，继续攻击偏安一隅的南宋王朝，南宋军队节节败退，在国家危亡之际，朝廷命令各地起兵勤王保卫京师。当时在赣州担任知府的文天祥变卖家中所有的财产，充作军费，用来招兵买马。在文天祥的努力下，很快聚集起一支两万人的队伍，坚持抵抗元军。公元 1276 年 1 月，元军进抵临安郊外，很多朝廷官员都吓得出城逃走，连宰相都偷偷跑到南方。在这个危急的时刻，文天祥临危受命，成为右丞相，到元军大营谈判。来到敌营的文天祥，大义凛然，慷慨陈词，面对敌人死亡的威胁，毫不畏惧。元军无奈，只能将文天祥扣留，押往北方。在押送的途中，文天祥趁元军不备，在镇江逃离虎口，在历经艰险后，到达福州，在见到南宋小皇帝端宗后，继续担任右丞相，并被派回老家江西领导抗元事业。

英勇就义

回到江西的文天祥，继续招兵买马，向元军发动进攻，并收复了一些州县，但由于双方力量悬殊，又被元军打败，最终被包围，文天祥服药自杀未遂，再次落到元军手中。此时，南宋大臣陆秀夫和张世杰继续坚持抗元。元军首领张弘范逼迫文天祥写信给张世杰，劝张世杰投降，文天祥严词拒绝。在途经零丁洋时，文天祥写下了不朽的诗篇《过零丁洋》。1279 年，南宋灭亡，张弘范再次劝说文天祥：“你过去不投降，是因为宋朝没有灭亡，现在宋朝已经灭亡了，你的忠心已经尽到了。如果你愿意改变态度，元朝的宰相非你莫属。”文天祥依然不为所动，同年被押送至元大都。在元大都，文天祥被戴上刑具，关在阴暗潮湿的牢房，一关就是三年，其间受尽了各种折磨，但他依然没有动摇。在监狱中，他从不卧睡，总是面南而坐，不肯面向北面，表示自己决无投降之意。在这期间，他写下了许多光辉的诗篇，《正气歌》就是其中的一篇。1283 年，文天祥被押上刑场，他身朝南方下拜，表示自己没有忘记祖国，然后从容就义，时年 47 岁。

研学互动：北京胡同里的文天祥祠

文天祥祠，又称文丞相祠，位于北京市东城区府学胡同 63 号，是明清两代祭祀南宋抗元英雄文天祥的祠堂，其旧址为文天祥被囚于元大都（今北京）时的土牢。始建于明洪武九年(1376 年)，于 1984 年对外开放。祠堂坐北朝南，后院有一株古枣树，相传为文天祥亲手种植，名为指南树。这棵枣树的奇特之处在于树的枝干全都向南自然倾斜，与地面约成 45 度角，象征着文天祥“臣心一片磁针石，不指南方不肯休”的精神。

第十一章

于谦

清代诗人袁枚在西湖拜谒岳飞墓的时候，曾写过两句诗：“赖有岳于双少保，人间始觉重西湖。”诗的意思是说，人们对西湖的重视和喜爱不仅是因为它的景色出众，更是因为有名人的映衬而显得厚重。诗中的“岳于双少保”是指两个人，一位是宋代抗金名将岳飞，另一位就是于谦。于谦，浙江杭州人，官至少保，世称于少保。他在大明朝危亡之际临危受命，担负起保卫京师的重任，北京保卫战在于谦的领导下最终取得了胜利，粉碎了瓦剌[là]军企图夺取北京的野心，大明朝转危为安。

古诗词中的于谦

石灰吟

［明］于　谦

千锤万凿出深山，烈火焚烧若等闲。
粉身碎骨浑不怕，要留清白在人间。

你知道石灰是怎么生产出来的吗？那是经过工人千万次锤凿，将整块的石灰岩石敲碎，运出深山，这些石灰石要经过熊熊烈火的焚烧，最终烧出坚硬的生石灰。经历了火的考验，还需要受到水的洗礼，生石灰被投入水中，经历了爆裂的过程，最终溶解成粉末状的熟石灰，人们就可以用它来粉刷墙壁了。我们做人也要像石灰一样，即便经历艰难坎坷，甚至是粉身碎骨也不能改变自己的志向，要把一身清白留在人世间。

解读

据说，这首《石灰吟》是于谦十七岁时所写，通过描写石灰的开采过程，托物言志，表达了自己的远大志向。后来于谦还写出了《石灰吟》的姊妹篇《咏煤炭》：

凿开混沌得乌金，蓄藏阳和意最深。

爝［jué］火燃回春浩浩，洪炉照破夜沉沉。

鼎彝元赖生成力，铁石犹存死后心。

但愿苍生俱饱暖，不辞辛苦出山林。

这些诗句不仅是于谦志向的表达，更是他做人的座右铭，他一生都在践行的誓言。

大明朝的至暗时刻：土木之变

明英宗时，北方的蒙古瓦剌逐渐强大起来，开始跟明朝抗衡。他们时不时南下骚扰明朝边地的百姓，抢劫财物。正统十四年（1449年）六月，瓦剌首领也先率军大举进兵明境，明英宗朱祁镇在宦官王振的怂恿下决定御驾亲征。英宗不顾大臣们反对，和王振在两天内迅速召集了20万大军匆匆忙忙发兵，出发时甚至粮草和装备都没有准备齐全。由于准备仓促，组织不当，加上途中连绵阴雨，将士们士气低沉。八月，大军进入大同，前线即传来各路明军溃败的消息，王振在听到自己密探的消息后，知道了瓦剌大军的厉害，便不敢进军，下令撤军。但在撤军的过程中，王振还不忘折腾，他为了途经自己的家乡蔚州，实现衣锦还乡的愿望，便下令绕道紫荆关。可走着走着，看到官军所到之处，庄稼损毁严重，王振又觉得大队人马经过自己的家乡损坏了庄稼会引发乡亲的不满，反而留下骂名，便又改道东行，向宣府（今河北宣化）的方向前进。明军来回变更撤军路线，给了瓦剌军追击的机会。当明军撤到土木堡的时候，被瓦剌军包围，在随后的战斗中，明军溃败。王振死在了乱军之中，随行的很多官员战死，明英宗做了俘虏，这就是历史上的土木之变（也称土木堡之变）。

北京保卫战

土木之变后，瓦剌首领也先挟持被俘的明英宗，趁势进取北京。面对强敌兵临京门，甚至有朝臣建议迁都。“疾风知劲草，板荡识诚臣”，在这个危急时刻，于谦勇敢地站了出来，坚决反对迁都。同时，为了堵死瓦剌人拿英宗做人质要挟朝廷，于谦联合大臣拥立朱祁钰即位，即明景帝。这两项非常时期的重大决断，稳定了大局。当瓦剌军逼近北京时，于谦指挥得当，攻防有序，军民一心抵御。经过五天的鏖战，瓦剌首领也先见攻城不下，却死伤惨重，而明朝外地的援军陆续赶到，瓦剌军不得不退兵，北京保卫战取得了胜利。

拓展阅读：于谦对对子

于谦小时候才思敏捷，特别会对对子。他的母亲经常给他梳双髻。据说有一次有个和尚看到了小于谦，便取笑他说：“牛头且喜生龙角。”于谦听了，当即回道:“狗嘴何曾长象牙。”和尚吃了一惊，心想这个小孩子居然反应这么快。于谦回到家对母亲说:“今天有人骂我，明天不要给我梳双髻了。”第二天，母亲给他梳成了三个髻。谁知，路上又遇到了那个和尚，和尚这次说道:“三角如鼓架。”于谦马上回答道:“一秃似擂槌。”

第十二章

王阳明

一个人可以有多全能？明代的王阳明能诠释这个问题。王守仁，号阳明，浙江余姚人，明代著名的思想家、教育家、文学家、书法家、哲学家和军事家。他是陆王心学之集大成者，不仅精通儒、释、道，更能统军征战。他曾平定盗匪、宁王叛乱、两广叛乱，显示出了卓越的军事才能，是中国历史上罕见的全能型大儒。王阳明的学术思想在我国、日本、朝鲜半岛以及东南亚国家，乃至全球都有重要而深远的影响，他和孔子、孟子、朱熹并称为孔、孟、朱、王。

题灌山小隐

［明］王阳明

一自移家入紫烟，深林住久遂忘年。
山中莫道无供给，明月清风不用钱。

自从搬家到山中，我仿佛是住进了山谷的紫烟之中。山中的密林让我与世隔绝，似乎忘记了尘世的年月。不要说山里没有生活所需的物品，其实我想要告诉你，来尽情享受这山中的清风与明月吧，世间有很多快乐是不需要用金钱来购买的！

解读

紫烟，山谷中的紫色烟雾。供给，指生活所需之钱物。诗的最后一句“明月清风不用钱”化用了唐代诗人李白《襄阳歌》中的“清风朗月不用一钱买”。整首诗流露出诗人淡泊自守的情怀。

正德甲戌年（公元 1514 年）王阳明升任南京鸿胪寺卿，主要负责朝廷聚会、宾客接待、祭祀活动等。因为这个工作比较清闲，所以他可以到山中避暑、给学生讲学和跟朋友聚会。在王阳明的诗集中有“南都诗四十七首”，反映了他在南京的生活状态，这首《题灌山小隐》，便是其中的一首。

王阳明的心学

王阳明心学的精髓在于“心即理”“知行合一”和“致良知”。他认为，“天理”就在每个人的心中，人们只要通过提高自己内心的修养和知识水平，将道德伦理融入日常生活中，以良知代替私欲，做到“知行合一”，就会达到社会和谐的目的。

王阳明的教育改革

在王阳明生活的明代，当时老师只是每天让学生诵读经典，却从来不教他们学习的方法和为人处世的道理。而学生一旦犯了错误，就会被鞭子打，以此来让他们改正错误。王阳明非常反对这种不顾学生身心特点的教育方式，他提出儿童教育必须要顺应儿童的性情，儿童就像刚刚萌芽的花草树木一样，如果不顺着就会变得萎靡。同时，他提倡利用诗歌、礼仪和读书来引导和教育儿童，提倡鼓励儿童。王阳明的教育思想，即便到了今天依然很有意义，提倡尊重学生的个性，提升学生学习兴趣，使学生带着快乐的心态去学习，才会达到更好的学习效果。

王阳明重视“破心中贼”

1516年，王阳明被任命为都察院左佥[qiān]都御史，巡视南安、赣州、汀州、漳州等地。由于土地兼并、赋税沉重，很多地区的农民纷纷反抗，成为山贼，而官军在和农民的战斗中屡屡失利。王阳明上任后，为了应对叛乱，先切断当地居民和山贼的联系，又挑选训练民兵，通过分析确定了非常巧妙的对敌策略，对山贼进行了打击和招抚并用的方式，清扫了反叛力量。但王阳明深知，“破山中贼”并不能从根本上解决农民反抗的问题，他对当地的百姓实施教化，破除陋习，兴建书院，让人们接受礼制的规范，达到“破心中贼”的目的。

拓展阅读：王阳明十二岁作诗

王阳明十二岁的时候，以《蔽月山房》为题写出了一首富有哲理的诗歌：

山近月远觉月小，便道此山大于月。

若人有眼大如天，当见山高月更阔。

山距离人很近，月亮距离人很远，于是人们就说山比月亮大。可如果有人能把眼光放得开阔长远，便会发现，山的确是高，但和山相比，其实月亮更庞大。

王阳明小小年纪就能悟出这样的道理，你从这个故事中能得出什么感悟呢？

第十三章

戚继光

明朝初期，我国的邻居日本发生了内战，在内战中失败的武士和一些商人相勾结，成为劫掠我国沿海地区的日本海盗。他们杀人放火，抢夺财产，无恶不作，给沿海人民带来了深重的灾难和痛苦，被称为“倭寇”。为了平定倭寇，朝廷多次委派官吏经营海防，沿海人们也奋起抗倭。其中，戚继光是抗倭的代表。戚继光，明朝抗倭名将，他出身于将门，自幼喜欢阅读兵书，勤奋习武，立志报国。他率军在浙江、福建、广东一带的沿海地区抗击倭寇，经过十多年、大小八十多次的战斗，终于扫平倭寇，被誉为民族英雄，他带领的军队被人们称为“戚家军”。

古诗词中的戚继光

马上作

［明］戚继光

南北驱驰报主情，江花边月笑平生。
一年三百六十日，多是横戈马上行。

我转战南北就是为了报答君王的恩情，报效自己的国家。在征战的路上，江边的花、边塞的月都在笑我的忙碌。在一年三百六十多天中，大多数的日子我都是骑着马拿着兵器在疆场上度过的。

解读

南北驱驰，戚继光曾在东南沿海一带抗击倭寇的侵扰，又曾镇守北方边关。主，指皇帝。江花边月，江边花，边塞月。这里指长年戎马生涯接触的景色。横戈，手里握着兵器。戚继光不光是军事家，在诗文、书法方面也很有造诣，是一位文武双全的将军。这首诗真实反映了戚继光作为一名将军南征北战的戎马生涯，在紧张、忙碌的军旅中，戚继光不畏辛劳，拥有一颗报国之心。

狡猾的倭寇

倭寇非常狡猾，他们组织严密，在战场上进退自如，在沿海抢劫的时候，往往分成小股潜入。他们还采取飘忽不定的战法，在我国各省之间游走，声东击西，让明军防不胜防。在武器装备上，倭寇仿造西洋火枪，制成鸟铳[chòng]，具有很强的杀伤力。

戚继光训练“戚家军”

与倭寇的战斗力相比，明军实行卫所制度，士兵都是世袭的，战斗力非常弱，每当打仗的时候就会有很多士兵逃跑。面对这样的情况，戚继光果断采取改革。他得知义乌地区的人民悍勇好斗，就从当地农民和矿工中招收了三千人组成新部队。戚继光以“保家卫国”激励他们，同时严肃军纪，作战时全体官兵必须集体向前，如果有人后退就会被斩首。

除了有纪律、有勇气，戚继光在训练军队的时候，摒弃旧的训练方式，采用“鸳鸯阵”等新战术，从而提高了军队的灵活性和战斗力。除此之外，戚继光注重军队的装备，仿制出鸟铳和佛朗机炮，提高火器在明军配备中的比例。

通过一系列的措施，戚家军的战斗力迅速提升，在后来抗倭战斗中屡建奇功。

戚继光的军事著作

戚继光在继承古代军事思想的基础上，总结了自己练兵作战的经验，写下了众多的军事著作，如《纪效新书》《练兵实纪》《储练通论》《哨守条约》等。其中，《纪效新书》和《练兵实纪》被称为“我国军事教育史上最早最完整的军事教育专著”。

拓展阅读：鸳鸯阵

倭寇侵扰的范围多在浙闽沿海一带，那里多山陵沼泽，道路崎岖，大部队不宜展开，而倭寇又惯用重箭、长枪和倭刀等兵器作战，还善于设置埋伏。针对倭寇这一特点，戚继光创造了一种新的战斗队形——鸳鸯阵。这种以 12 人为一作战基本单位的阵形，设有队长 1 人，长牌手 1 人，藤牌手 1 人，狼筅［xiǎn］手 2 人，长枪手 4 人，短兵手 2 人，负责伙食的伙兵 1 人。

鸳鸯阵不但使矛与盾、长与短紧密结合，充分发挥了各种兵器的效能，而且阵法变化灵活，可以根据情况和作战需要变纵队为横队，变一阵为左右两小阵或者左中右三小阵。这种阵法运用灵活机动，完全抑制住了倭寇优势的发挥，在戚继光抗倭的斗争中发挥了重要作用。

第十四章

郑成功

台湾，自古以来就是我国神圣领土的一部分。台湾自然风光优越，物产丰富，是祖国东海上的一颗明珠，所以我们亲切地称她为祖国的宝岛。16 世纪初至 17 世纪，日本、葡萄牙、西班牙、荷兰等殖民者都曾为了占据台湾而相互发生冲突。1642 年，荷兰殖民者将其他殖民者赶走，台湾沦为荷兰殖民地。荷兰殖民者对台湾人民进行残暴的统治和奴化教育，激起了台湾人民的愤恨。1661 年，民族英雄郑成功率领大军进行台湾的收复之战，在历时 8 个月后，将荷兰侵略者赶出了台湾，使台湾重新回到了祖国的怀抱。

古诗词中的郑成功

复台

［清］郑成功

开辟荆榛逐荷夷，十年始克复先基。
田横尚有三千客，茹苦间关不忍离。

赶走了荷兰殖民者，我们披荆斩棘，努力建设台湾。经历过殖民者残暴统治和残酷战争的台湾，要付出十年的时间才能恢复祖宗留下来的基业。不过，就像田横有五百多名义士追随他一样，我们有亲如一家的三千战友，即便经历坎坷也不会分离。

鄭

解读

荆榛，丛生的荆棘。田横，原为齐国的王，曾坚持反秦。后来汉高祖刘邦统一天下，田横不愿意向大汉称臣，便率领他的部下五百余人逃亡海岛，汉高祖招降他们，田横以为耻，自杀身亡，他的部下闻讯，也全体自杀。这里郑成功自比田横，表示他和同他一道入台的三千部下是同患难、共生死的战友。间关，道路险阻难行。

古画中的郑成功

这首诗是郑成功在收复台湾后所写，诗中指出治理台湾还必须经过一番艰苦努力，也表达了他对部下的袍泽深情，并希望他们同甘共苦，克服困难。郑氏祖孙三代治理台湾，奖励制糖、制盐，兴办工商业，发展贸易，开办学堂，改进高山族的农业生产方式。这些措施，推动了台湾经济、文化的迅速发展。这在台湾历史上是一个重要的开发和发展时期，史称“明郑时代”。

殖民统治下的台湾

明朝末年，由于政治腐败、军队力量薄弱，台湾、澎湖的防卫力量逐渐削弱，给了西方侵略者可乘之机。从 1601 年开始，荷兰殖民者便以贸易、通商为借口，对我国沿海地区进行袭扰。1624 年，荷兰殖民者在台南附近的台江登陆，侵占了台湾地区。1642 年，荷兰殖民者又在台湾北部击败了西班牙殖民者，霸占了整个台湾。荷兰侵略者在占据台湾后，实行了残酷的殖民统治，强征重税，到处搜刮。在文化上，荷兰侵略者实行可耻的殖民教育，用荷兰的语言、文字传授儿童，不准台湾儿童使用毛笔写字，而改用鹅毛管，并要求他们学习和使用罗马字。荷兰殖民者想通过这样的方式奴役台湾人民。

郑成功收复台湾

荷兰殖民者的暴行激起了台湾人民的愤怒和反抗，汉族和高山族的反抗斗争遍布全岛各地，始终没有停止过。郑成功是明末将领郑芝龙的儿子，明朝灭亡后，退守金门、厦门一带。为了驱逐荷兰侵略者，郑成功决定收复台湾。

1661 年 3 月，郑成功亲率 2.5 万名兵将，分乘百艘战船，从金门出发。他们冒着风浪，越过台湾海峡，在澎湖休整几天准备直取台湾。荷兰侵略者听说郑成功要进攻台湾，十分惊恐。他们把军队集中在台湾、赤嵌两座城堡，还在港口凿沉破船阻止郑成功船队登岸。郑军乘海水涨潮将船队驶进鹿耳门内海，主力从禾寮 [liáo] 港登陆，从侧背进攻赤嵌城，并切断了侵略军与台湾城的联系。战斗中，侵略军以“赫克托”号战舰攻击，郑成功一声令下，把敌军紧紧围住，60 多只战船一齐发炮，把“赫克托”号击沉。与此同时，又击溃了台湾城的援军。赤嵌的荷兰军在水源被切断、外援无望的情况下，向郑军投降。盘踞台湾城的侵略军企图负隅顽抗，郑成功在该城周围修筑土台，围困敌军 8 个月之后，下令向台湾城发起总攻。荷兰侵略者见大势已去，只好罢兵投降。至此，沦陷了 38 年的台湾重新回到了祖国的怀抱。

对于郑成功收复台湾的壮举，康熙皇帝曾写了一副对联表示赞扬：

四镇多二心，两岛屯师，敢向东南争半壁；
诸王无寸土，一隅抗志，方知海外有孤忠。

台湾美景——阿里山和日月潭

阿里山海拔约为2216米，因受高山环绕影响，气候凉爽，年平均温度在10摄氏度左右。阿里山的日出、云海、晚霞、森林与高山铁路，合称阿里山五奇。阿里山铁路有70多年历史，是世界上仅存的三条高山铁路之一。

日月潭位于阿里山以北，是台湾最大的淡水湖。日月潭中有一座小岛，远望好像浮在水面上的一颗珠子，名叫拉鲁岛。以此岛为界，北半湖形状如圆日，南半湖形状如弯月，日月潭因此而得名。

拓展阅读：历史上台湾名称的变化

早在春秋时，台湾被称为“岛夷”。秦朝时台湾的名字叫瀛洲或蓬莱。三国时期，吴国孙权派将军卫温、诸葛直率大船队到达台湾，那个时候的台湾叫夷洲。隋唐时，将夷洲改为流求，此后流求这个名字一直沿用到南宋时期。元朝时，又将流求改为琉球。元政府曾在澎湖设置澎湖巡检司，负责管辖澎湖和琉球。明朝时将琉球改称东番，意思是东方番族聚居的地方。明朝末年有了“台湾”这个称呼，不过主要指台湾南部地区。1683 年清军入台湾，清政府设台湾府，台湾作为地名并且指称全岛被固定下来，隶属福建省。1885 年清廷设台湾省。

第十五章

林则徐

位于北京天安门广场中心的人民英雄纪念碑，是为了纪念我国近现代史上的革命烈士而修建的。在纪念碑的碑座上，镶嵌着十幅浮雕，记载了近百年来中国人民为了民族解放事业而英勇斗争的事迹，其中第一幅浮雕就是《虎门销烟》，而虎门销烟的故事要从近代史上的民族英雄林则徐说起。

古诗词中的林则徐

塞外杂咏

［清］林则徐

天山万笏（hù）耸琼瑶，导我西行伴寂寥。
我与山灵相对笑，满头晴雪共难消。

天山山脉群峰耸立，那一座座山峰上白雪皑皑，我就是沿着这辽远的山势一路向西行进。我看着天山，天山仿佛也在看着我，似乎我与山灵在彼此相视而笑，我不由得感慨自己头上的白发和山顶上的积雪一样难以消除啊！

解读

笏，封建时代大臣朝见天子时所执的狭长的手板，“万笏”比喻丛立的群山。琼瑶，这里比喻雪。寂寥，寂静而空旷。山灵，指山神。晴雪，此处比喻白发。林则徐，福建侯官县人，清代后期政治家、文学家。林则徐因领导禁烟运动而被革职，谪戍伊犁，这首七绝作于赴戍新疆伊犁途中。

这是一首以山为描写对象的作品，诗中形象描绘了天山群峰耸立、常年积雪的雄姿，抒写诗人被贬途中寂寞孤独的情景，但从“相对笑”中我们能读到诗人在面对逆境时乐观旷达的精神。诗中积雪的天山，其实就是林则徐自己内心的写照。面对选择禁烟带来的贬谪，林则徐无怨无悔，他在《赴戍登程口占示家人》诗中写道：“苟利国家生死以，岂因祸福避趋之。”意思是如果对国家有利，我将不顾生死。难道能因为有祸就躲避、有福就上前迎受吗？

鸦片的危害

鸦片作为一种毒品，吸食会令人上瘾，严重影响人的身体健康。清朝的时候，英国为了赚取暴利，便向我国大量走私鸦片。虽然清政府最初便下令禁烟，但是鸦片市场却长盛不衰，加上当时的一些官员也能在鸦片贸易中获取巨大利润，所以广州附近的鸦片走私活动也越来越猖獗，鸦片禁令形同虚设。鸦片的大量流入使英国如愿以偿，每年大约有600万两白银从我国流入英国，不但极大伤害了我国人民的身心健康，还造成了国库亏空，摧残着社会生产力。力主铁腕禁烟的林则徐曾深刻地指出鸦片的危害："此祸不除，十年之后，不惟无可筹之饷，且无可用之兵。"如果鸦片的问题不解决，那国家的财力、人力在未来都将面临严峻的后果，整个国家再也无力抵抗西方列强了。

虎门销烟

1839年3月10日，林则徐抵达广东后立刻投入到禁烟运动中。林则徐查封烟馆，逮捕烟贩，并下令处死了烟贩冯安刚。鸦片贩子们为了保全自己，纷纷跑来贿赂林则徐，林则徐根本不为所动。更可恨的是，不仅那些顽固的烟商和鸦片吸食者迟迟不愿意交出鸦片，甚至连一线官员们也都千方百计对禁烟运动进行阻挠。面对这样的情形，林则徐痛斥道：“若鸦片一日未绝，本大臣一日不回，誓与此事相始终，断无中止之理。”

经过林则徐的不懈努力，前后18天共拘捕吸烟、贩烟者约1600人，收缴烟膏46万两，烟枪数万杆，烟锅数百口，收缴鸦片约2万箱。可是，这么多鸦片该怎么销毁呢？为了防止鸦片在运输途中被偷换，或者渗入地下被重新提取，林则徐想到了一个两全其美的方法，决定在虎门采用“海水浸化法”公开销烟。

林则徐命令士兵们筑造了两个专门用来销烟的大池子，长宽各为45米，还设有进出水通道，为了防止鸦片渗透，在池底平铺上石板，并在四周打上了木桩。士兵们将待销毁的鸦片分批投入池水中，再投入生石灰，拿长杆使劲搅拌，待池中的鸦片全部被销毁了，才把所有的残渣从池后的出口排出。不到一个月，几万箱鸦片就全部被销毁了。虎门销烟大获成功，是我国历史上反对外国经济侵略的一项壮举。

睁眼看世界的先驱者

林则徐有一首《即目》诗：

万笏尖中路渐成，远看如削近还平。
不知身与诸天接，却讶云从下界生。
飞瀑正拖千嶂雨，斜阳先放一峰晴。
眼前直觉群山小，罗列儿孙未得名。

这首诗生动地描写了林则徐在山岭行进过程中的体验，气势磅礴，眼界开阔，让人有一种身临其境的感受。站在山巅的林则徐可以感受到大自然的鬼斧神工，而站在时代前沿的林则徐是我国近代传播西方文化、促进西学东渐的带头人。在林则徐生活的时代，清政府闭关锁国，自诩为泱泱大国，看不到世界的变化，面对西方资本主义列强的入侵，居然保持着一种“昏睡”的状态，不肯睁开眼睛直面现实。作为“睁眼看世界”的先驱，林则徐主张以开放的态度对待西方的文化、科技和贸易，学习他们的长处而为己所用，以实现反抗西方侵略的目的，这就是“以夷制夷”的思想。为了让国人认识西方，林则徐组织翻译英国人写的《地理大全》，并加上自己积累的材料，编成《四洲志》，他还搜集外国人对中国的看法，编成了一部《华夏夷言》，他又让人翻译《各国律例》用以了解外国的法律制度。林则徐的这些努力，让他所在的广州成为人们了解世界的窗口。

少年林则徐巧对对联

林则徐小时候聪明好学，有一次老师带着同学们游鼓山，爬上鼓山绝顶峰时，一派天风海涛，同学们都兴奋不已。老师吩咐众学生每人做一个七言对子，要求句首必须嵌有“山”和“海”二字。学生们叽叽喳喳，半天也没有拿出一副满意的对联。老师发现林则徐神情十分休闲地在观看展翅飞翔的海鸥，认为他想必是胸有成竹了，就问：“林则徐，你怎么对的？”

林则徐吟出自己的对联，上联“海到无边天作岸”，写站在鼓山上，可以望见无边的大海，海的尽头，就是天了，海天相连，寓意学海无边，只有勤奋学习，才能到达成功的彼岸。下联“山登绝顶我为峰”，以脚踏绝顶峰，堂堂正正，顶天立地，一览天下。同学们都由衷地钦佩，情不自禁地喝起彩来。一副对联便能折射出少年林则徐的凌云壮志。

拓展阅读：林则徐销烟池与虎门炮台旧址

林则徐销烟池与虎门炮台旧址，位于广东省东莞市虎门镇解放路，由林则徐销烟池、虎门炮台、靖远炮台、沙角炮台、威远炮台等组成。虎门炮台位于珠江口虎门两岸。

林则徐销烟池